MACHAMBA

GISELE MIRABAI

MACHAMBA

EDITORA
NOVA
FRONTEIRA

Copyright by © 2017 Gisele Mirabai
Todos os direitos reservados

Direitos de edição da obra em língua portuguesa no Brasil adquiridos pela EDITORA NOVA FRONTEIRA PARTICIPAÇÕES S.A. Todos os direitos reservados. Nenhuma parte desta obra pode ser apropriada e estocada em sistema de banco de dados ou processo similar, em qualquer forma ou meio, seja eletrônico, de fotocópia, gravação etc., sem a permissão do detentor do copirraite.

EDITORA NOVA FRONTEIRA PARTICIPAÇÕES S.A.
Rua Nova Jerusalém, 345 – Bonsucesso – 21042-235
Rio de Janeiro – RJ – Brasil
Tel.: (21) 3882-8200 – Fax: (21) 3882-8212/8313

Imagem de capa: Danilo Perrotti Machado

CIP-Brasil. Catalogação na Publicação
Sindicato Nacional dos Editores de Livros, RJ

M634m Mirabai, Gisele
   Machamba / Gisele Mirabai. - 1. ed. - Rio de Janeiro : Nova Fronteira, 2017.
   176 p. : il.

   ISBN: 9788520941621

   1. Romance brasileiro. I. Título.

17-42027   CDD: 869.98
               CDU: 821.134.3(81)-8

Este é para você, D.

PARTE I

"O que era isso, que a desordem da vida podia sempre mais do que a gente?"
Guimarães Rosa

O
ELO
PERDIDO

I

A mangueira está lá até hoje. Nela pendurada uma fita vermelha. Tudo começou sem muita explicação. Não houve um motivo específico para o Elo Perdido acontecer. Houve bem antes disso um negro correndo atrás de uma gazela em Angola, enquanto um branco se escondia atrás de uma pistola de cano fininho. Houve o momento em que os olhos do homem branco fitaram os olhos do homem negro e ele soube, fincado lá no fundo de si, que o que fazia era o não certo. Mesmo assim o tiro ecoou nas savanas, os reinos africanos foram desfeitos, as mulheres com a cria arrancada do peito e os reis trazidos como escravos em navios, para bem longe da África. A gazela viveu por mais alguns anos enquanto os meninos cresceram em senzalas, do outro lado do mar, fazendo somente o que mandavam ser feito. Nos tempos em que só se amava quem podia ser amado. Porque antes mesmo disso houve a sede de poder, que nasceu da gosma do estômago de um homem muito antigo. Tão antigo que é fora do próprio tempo.

Como o Dia do Antes.

O Dia do Antes aconteceu um infinito antes do Dia do Depois. No Dia do Antes havia a fazenda e a piscina escura do rio com o sapo amarelo, havia os girinos agitados na beira d'água e as pancadas das grandes chuvas. Havia os porcos e o gramadão lá embaixo para os animais trotarem para as visitas, havia os pés de laranja, a cerâmica portuguesa, as gengivas dos cavalos que apareciam de repente com nacos de feno nos dentes. Havia João e Joana, e havia Daniel.

Naquela época, o Cristo pregado na parede não fazia barulho. Estava de olhos baixos em meio aos quadros das africanas de turbantes coloridos, garimpados na feira hippie. Em silêncio. O Cristo parecia que não observava.

Mas as coisas iam acontecendo.

Ah, antes de mais nada: no Dia do Antes havia uma porta fechada e também uma menina batendo na porta do banheiro de azulejo laranja, gritando: eu sou virgem, pai!

Naquela manhã, Machamba pediu dinheiro para comprar os brigadeiros no Doce do Doceiro. Era véspera do seu aniversário. O pai estava sentado na mesa com a calculadora e balançou a mão para não atrapalhar a conta. Ela então catou as moedas na mesinha do abajur. Fazia calor. O pai tinha a camisa suada e usava óculos. Ele trabalhava. Ela acha que saiu correndo para comprar os doces. Acha. Sem chinelos, pois talvez ainda fosse criança. Mas não sabe ao certo. Naquela tarde, ela amarrou uma fita no galho da mangueira. Os freis que se mudaram para a fazenda depois não tiraram a fita. Ela ficou pelos anos. Vermelha. Marcando o meridiano que separa o Dia do Antes do Dia do Depois. A linha de Greenwich que divide o tempo em dois:

O Tempo Grande e o Tempo Pequeno.

A mangueira ainda mora no Tempo Grande, onde moram a terra e a chuva, e também a lua, as nuvens, os anéis de Saturno, os coqueiros balançando numa praia do Pacífico. No Tempo Pequeno mora o Dia do Depois, e a correria, as grandes cidades, os buracos na estrada e as ambulâncias que não chegam, moram as pessoas que morrem de repente e os amores que partem. Também os apartamentos com sofás que não são nossos e janelas não nossas com vistas que não nos pertencem. Nunca explicaram para ela que as coisas podem mudar para sempre. Que os pais deixam de existir. E as mães vão embora para nunca mais voltar. Que os galhos das laranjeiras caem antes de brotar, o mato cresce em meio à cerâmica portuguesa e os insetos começam a entrar na casa. E a se sentirem confortáveis ali dentro.

Quando o capim crescia em ordem, na época das grandes chuvas, João ia com sua foice para cortá-lo junto com o pequeno Daniel. Ela pedia para ir também, queria sentir as galochas azuis no charco *plec plec plec*. O sol se abria e iluminava o matinho grudado no bico da bota de borracha. Muitos anos depois, no dia em que o sol se fechou para sempre, havia um umbigo caramelo. Com gotas de suor nas pontas das hastes de pelo, formando pequeninas árvores transparentes de caules negros. Em silêncio. E mangas que comidas com jeito deixavam fiapos no dente e a língua lerda. Havia as barrigas que sobem e descem porque o ar entra e sai e porque é assim mesmo que deve acontecer. Daniel olhava para o céu. Parado e sem nuvens. As gotas de suor faziam redemoinhos e caíam dentro do fosso do umbigo. Ele dormiu um sono sem sonhos, debaixo da mangueira, dentro da sua pele proibida de se misturar com a dela, desde quando os avós de seus avós foram trazidos da África para um grotão de terra em Minas Gerais. No Dia do Antes havia uma fita vermelha, uma menina sem roupa e os olhos de um pai.

Havia o Amor e havia Daniel.

Mas, primeiro, vamos falar de Luís.

2

Londres, Reino Unido

Machamba segue em meio aos guarda-chuvas para South Kensington. Hoje é o dia do seu aniversário. Ela comprou tênis novos e caminha, pois não gosta das perguntas dos guardas quando apita o pino de metal no osso do seu braço. Logo depois dos atentados terroristas muçulmanos, fizeram uma revista e detectaram o parafuso no seu braço costurado. Por isso ela evita o metrô. Não por medo de ser presa, nem por medo de morrer. Isso ela já fez uma vez. E há coisas na vida que se faz uma vez só. Ela apenas tem mau jeito para transformar pensamento em palavra, para criar onda de som no espaço e responder à pergunta do policial. Por isso caminha com seus tênis novos de corrida. Gosta de correr e corre bem. Mas o braço ainda repuxa do acidente. Até hoje, uma terça-feira do Tempo Pequeno, às três horas da tarde, com chuva. O braço fisga assim sempre, seja no meio do trabalho, quando faz um movimento diferente, ou nos encontros com os Pretendentes. Por exemplo, há uma hora, ela servia o café para os advogados de London Bridge, que discutiam as táticas econômicas de Hong Kong, e de repente *tum*. Quando esticou o braço para colocar o biscoito na mesa, repuxou a lembrança do acidente. E de Luís. E Esponja Branca. A dor retumbou do pino de metal no braço para o forro delicado do estômago. Ácido. Onde moram o ciúme, a solidão e o medo. Onde moram as perdas e as más consequências. Era assim: no entorno do uniforme de garçonete tinha terno, tinha sério, tinha Londres e conversa de Hong Kong. Tinha advogado, café e biscoito. Mas dentro da garçonete que servia o biscoito tinha a separação, a corrida e a chuva, tinha o sangue na língua e o velho do mato das cercanias. Tinha Luís.

E, antes de Luís, o nada.

Pela terceira vez no mês ela vai ao museu. O seu museu. Vinte e poucos anos depois do dia em que nasceu. Não lembra ao certo a sua idade, mas isso não importa. Tem pouco tempo antes que o museu feche, então atravessa o saguão, deixa de ir ver o tronco da árvore de seiscentos anos que assistiu à invasão das Américas, também não se interessa pelo armário de beija-flores empalhados por algum barão, que nem mais esqueleto é. Segue pelo corredor, entra na galeria da Terra, sobe a escada rolante. A porta do planeta vem chegando. Passa reto pelos corpos de Pompeia na erupção do Vesúvio e vai direto para a sala. A sua sala. Do seu museu. Senta num canto com cuidado, com carinho. Escuta o alarde de uns estudantes que já se foram. Um casal de alemães para um pouco e segue em frente. Ela agora está sozinha. Pronta. Potente. Lê:

Aconteça o que acontecer, a mudança é inevitável.

Depois das galerias das estrelas que esfriam, dos átomos que se autoaniquilam, da extinção dos dinossauros e dos milhões de anos que o homem ainda viverá sobre a Terra, a frase encerra a visita ao Natural History Museum. Ela gosta muito da grafia das letras, da parede preta e da palavra *change*. Mas gosta da sala, sobretudo, porque é a última.

O corpo de Machamba lê a frase na parede da sala do museu que já vai fechar. Quando o relógio marca 17 horas e 50 minutos, o museu fecha. O moço de terno entra na sala e diz: *time to close*. O som da boca do moço de terno entra pelo ouvido dela e se acomoda lá dentro. Ela entende, mas não responde *ok*. Porque o *ok* flutua na cabeça e ela sorri com os dentes e caminha com as pernas, mas o *ok* mesmo não encontra o caminho que sai da cabeça, passa pela boca e vira som no universo. Isso desde o acidente. Não que tenha ficado muda. Pois falou quando conheceu Jostein. E Bruno. E às vezes respondia às perguntas das Quenianas com quem dividiu o quarto quando chegou a Londres. Porque às vezes acontecia de ela falar. Mas, na maioria das vezes, não acontecia.

Por exemplo, no trabalho hoje Machamba não falou. Passou os últimos dias de folga e faz três dias que não emite um som sequer. Ficou deitada pensando em Luís e Esponja Branca. Pode ser que a tevê estivesse ligada na maratona da Berhane, a atleta campeã da Etiópia, mas isso também não importa. Há um mês ela se mudou para a casa de uma Senhora Galesa em Willesden. A casa tem muitos budas, enfeites, tapetes e tudo. Espremeu-se ali no meio, num quarto só para ela. Deixou o apartamento de Kilburn e não se apegou a nenhuma das Quenianas. Nem a nada que por lá deixou. Tem o mínimo possível. Gosta do hábito londrino de largar tudo para trás. Até os amigos. Pode ser que ela só tenha um par de tênis novos. E botas de salto alto para sair com os Pretendentes. E uma Cabeça de Ovos Mexidos que passa o tempo todo pensando em Luís e Esponja Branca.

Os filhos da Senhora Galesa vieram, casaram e partiram, e agora ela fica o dia todo no computador. Quando Machamba chega de madrugada com suas botas de salto alto, lá está a Senhora Galesa dormindo na cadeira, a tela do computador em repouso, com o cubo colorido quicando de um lado para o outro *tec tec tec*, para todo o sempre. A cabeça de Machamba pensa da mesma forma em Luís e Esponja Branca. Batendo nas quinas pelos cantos. Passando e repassando, imagininho imaginando. A gastrite já assentada no estômago, ela mastiga cada pedacinho do dia em que Luís se foi para ficar com Esponja Branca. Rumina os dedos dele no cabelo dela, o dorso da mão dele na pele da bochecha dela, o dente torto dela beijando a pecinha metálica do fundo do dente dele. Gosta de visualizar o contato da primeira boca. Da primeira língua.

Houve aquele dia das cortinas da sala em que algo foi bom.

Talvez pouco depois de o Elo se perder em sua vida, quando o Tempo Grande partiu com a enxurrada do rio, levando consigo a piscina e os sapos. Machamba foi morar sozinha num pequenino apartamento na cidade, com sofás que não eram seus e janelas que não eram suas. Isso já na época da faculdade, do namoro com Luís e dos almoços com o frango assado que o pai dele comprava. Junto com a farofa de ovo. Houve um momento em que a cortina da sala balançava e ela comemorava o seu aniversário. A mãe veio de Juiz de Fora para visitá-la no apartamento em Belo Horizonte, fazer brigadeiro e bolo de festa. Daquela vez, os pais de Luís também vieram. E conversavam com sua mãe com pratinhos de papelão no colo. E garfos com chantilly. Por um momento, houve um pino de metal onde talvez fosse possível soldar a corrente do tempo. Recuperar o curso do rio. Para que ele enchesse a piscina de novo com pedras brancas redondas polidas no fundo. E o sapo amarelo voltasse com seus girinos para lá. E o Tempo Grande mandasse embora o Tempo Pequeno para todo o sempre. Mas Luís sorria, pensando em Esponja Branca, com o bolo de aniversário no dente.

O bolo dela, da festa dela. No dente dele.

O pino partiu, o rio alterou o seu fluxo, a piscina acabou e ela soube que Luís também iria embora. Foi então que nasceu a Cabeça de Ovos Mexidos.

A Cabeça de Ovos Mexidos se lembra de:

Luís, a faculdade, Luís indo para a festa com Esponja Branca, a corrida, a chuva, o caminhão. Também o velho do mato, Cecília e o hospital.

Lembra-se de uma fazenda muito antiga, onde havia os tios e os primos, e as primas do Rio de Janeiro com máquinas de retrato. Onde havia os sapos.

A Cabeça de Ovos Mexidos não se lembra:

do que aconteceu quando os sapos saíram da piscina.

Não se lembra para onde foram os primos e as primas do Rio de Janeiro.

O Elo Perdido.

Ela sabe apenas que o ar entra e o ar sai da sua barriga. Sabe que serve cafés e biscoitos e ovos mexidos do outro lado do oceano, na Inglaterra, para advogados que discutem as táticas econômicas de Hong Kong. Gosta quando o pino de metal do braço dói, porque pensa em Luís e Esponja Branca como a coisa mais perto que tem de si. Quentinhos, próximos ao coração, enrolados na flanela do bolso.

A fazenda lá no distante é o mar. Luís e Esponja Branca são os troncos para que ela não se afogue. Passa o tempo livre assim, abraçando as mesmas lembranças. Dependurada nas mesmas memórias. Só para mais tarde, quando se encontra com Bruno e um dos Pretendentes. Sai com eles à noite. Com botas de salto alto. Bruno arranja os encontros. Vão a *pubs* e para o apartamento de alguém. Sempre há um apartamento. São muitos os que existem pelo mundo. Com sofás e cortinas e janelas diferentes. Bruno avisa a todos os Pretendentes que ela não fala. Mas encosta. É a sua oportunidade de pegar na pele das pessoas e participar do mundo de fora. Pela porta de entrada que são os Homens. Apalpar os ossos deles. Mapear as estruturas humanas com as linhas da palma da mão. Os músculos. Segurar o desenho dos traços que eles fazem pelo mundo.

Os Pretendentes.

Tudo isso começou com Jostein.

3

Foi logo que pisou do outro lado do oceano. Pegou o trem no aeroporto e seguiu para ver o Big Ben, antes mesmo das cabines telefônicas pornográficas. Aconteceu de se sentar no mesmo banco que a Queniana em Westminster. O Quebra-Cabeça funciona assim: a ponta de uma peça se encaixa com o furo de uma outra e formam um castelo, um parque, um lago de patos. Juntas fazem uma cidade ou o mapa-múndi. E todas as peças têm outros furos e pontas e muitos encontros são necessários para que se possa ter uma história. Assim, o furo da peça que ela é se encontrou com a ponta da peça que é a Queniana, sentada num banco em frente ao rio Tâmisa, enquanto comia pedaços de peixe enrolados num plástico. Trocaram sorrisos e *where are you from* e foram morar no mesmo apartamento. Dividir o quarto. Outra Queniana que também ali morava falou da agência de garçonete. Então ela pegou o metrô espremida por muitos ternos. Paletós com cheiro de ferro. Na fazenda, os porcos se amontoavam na lama, também espremidos assim nasciam os coelhinhos, uns sobre os outros, pele com pele. Na mudança de linha que fazia na estação em Baker Street, quase perdeu o trem, pelo mau jeito de quem acaba de chegar na cidade. Ele a ajudou, puxou-a para dentro, segurou a porta do metrô. Jostein. A bolsa dele tinha várias fitinhas amarradas com "Nosso Senhor do Bonfim, Lembrança da Bahia". Ela quis dizer algo. Tentou uma frase. Saiu um murmúrio:

My country.
Pardon?

Ela apontou a bolsa, cansada da energia gasta nas palavras não entendidas.

Ele tinha olhos azuis com rugas de aquário e um nariz grande.
Do you like the bag?
Ele queria muito entender.
B-r-a-z-i-l.
Ela queria muito ser entendida.
Your country!
Conseguiram. Ele disse que passou dois meses no Brasil. De onde você é? Minas Gerais. Ah, sim, ele já esteve lá, o executivo norueguês, foi a Ouro Preto e Mariana. E na Fazenda em Fiandeiras? Você foi? Onde morava o sapo amarelo, os porcos e os cavalos, onde moravam os eucaliptos sob o céu parado e o amor dos meus primos. Mas isso ela não perguntou. Ficaram sorrindo. Ela gostava de mostrar os dentes e ele também. Na boca dele apareciam todos os molares. Na dela, só os caninos.

A voz de metal avisou que chegaram na estação da agência de garçonete. *Mind the gap.* Disseram tchau um para o outro. Ela desceu do trem e ficaram se olhando, ele lá dentro de ombro alto, ela lá fora com o pescoço virado, até os olhos azuis sumirem no vagão, que nem filme, e os dois sabiam que queriam que assim fosse, e um soube que o outro também gostava que assim ia sendo, o trem partindo, pois era coisa de nunca mais se verem numa cidade tão enorme feito Londres.

Até o domingo seguinte.

Ela combinou um piquenique com as Quenianas. Foi até Kilburn Lane comprar pão queijo iogurte. Cada peça do Quebra-Cabeça tem muitos furos e pontas que se encaixam para formar um jogo, e o norueguês estava parado na fila do supermercado justo quando ela entrava. Com seus olhos de aquário e rugas de olhos. E sorrisos cheios de molares. Ele a convidou para patinar no gelo.

No caminho, tomaram o iogurte do piquenique com bigodinho de morango. E escutaram música brasileira, de que ele gostava muito, com um fone no ouvido de cada um. A orelha dele grande e branca. A dela, com palavras faltando. Ela nunca tinha patinado no gelo, mas não teve medo. Gente que nem ela não tem medo. E gosta de botas pesadas com ferro para rasgar o chão. Ele quis ser romântico e segurar a mão para que ela não caísse. Ela deixou, mas só de cena. Gente que nem ela não cai. Não toma tombos nunca mais nessa vida. Havia uma muçulmana de patins dando piruetas no meio da pista. A veste preta batia na bota furando o branco, sangrando a água. Foi bem nessa hora que o norueguês a beijou com uma língua enorme que entrou bem fundo na sua garganta.

Na esquina da rua, ela virou Presunto do Misto-Quente. Entre o muro e o norueguês. O muro tinha protuberâncias e o mundo também. Foram até a casa dele. No apartamento de Jostein tinha janela, persiana e sofá azul. E o espanhol que morava no quarto ao lado, vendo fotos de pescaria. Bruno. Com olhos pretos de peixe profundo e bochechas de atum ibérico. Ele tinha acabado de chegar de um fim de semana de barco no litoral, lembrando os tempos de pesca em Tarifa, com seu pai. Bruno também a olhou. Tomaram vinho tinto em taças de boca larga. Os três. Ela não bebe, mas bebeu porque teria que explicar o não, e o não precisava de um tanto de palavras que ela não tinha.

Foi para o quarto com Jostein.

Quando pequena, gostava de nadar bem fundo na piscina e passar a barriga nas pedras brancas redondas polidas. A água vinha bombeada do rio. Às vezes trazia um peixe. O mundo verde lá embaixo, com os raios de sol perfurando a água coberta de folhas de árvores que caíam na superfície. E o peixe. A água entrava nos ouvidos, ela nadava pelada, a água nadava. E não acabava nunca. No Tempo Grande as coisas não têm começo, nem meio, nem fim. Não têm um, dois ou três, porque no Tempo Grande não existem os números.

Jostein era a nau branca, solta e cansada na cama. Então, depois que ele foi todo remado, ela saiu do quarto. Sem roupa. E chamou Bruno. Jostein se assustou, mas Bruno não. Ela soprou hieróglifos dentro do ouvido dele. O vinho transbordava nas bocas largas das taças e em minutos mergulharam os três na cama, com o sapato da ex-mulher de Jostein segurando a porta do quarto.

Assim ficaram por um tempo. Às vezes, Jostein fazia reuniões em Oslo e ela visitava Bruno. Um homem como ela: atento e ataque. Bruno também fazia reuniões em Barcelona e ela ficava só com Jostein. Nadando de braçadas no apartamento dos dois peixes. O olho do mundo molhado pela saliva dos beijos, numa vidinha de verão que logo acabou, quando as primeiras folhas das faias inglesas caíram no chão.

4

Tudo que respira conta a mesma história.

Ela cresceu numa fazenda em Minas Gerais em meio às botas de lama, a vaca cega de um olho só, os primos mais velhos cheios de abraços, a piscina de lodo cheia de sapos. Também os porcos, a colheita do capim de tardezinha, os jogos de baralho e os cavalos que comiam parte dos dedos dos homens. Um dia vieram as primas do Rio de Janeiro com máquinas de retrato. Soltaram então o campeão, mangalarga marchador, seu nome era Galego, negro, todo tinindo de tão preto, músculo puro. Saiu da baia e veio cavalgando com potência, relinchando, meio enlouquecido, focado no alvo ali no centro do pasto, a égua branca esperando assustada. Ele montou de uma só vez nela, ela resistiu, deu coice, ele insistia, ela não queria e se fechava, ele forçava, ela fez xixi nele. A crina balançava para-lá-e-para-cá, o dorso bem definido, o garanhão empinava. Por fim Galego a penetrou, com toda a força da semente, as primas de boca aberta, uma tirava fotos sem parar, *clic clic*, os peões olhando com dedos de curativos na cerca, ninguém dava um pio. Ela sem respirar para todo o sempre, o encontro dos dois bichos retumbando pela fazenda inteira, nas fazendas vizinhas, talvez pelas Sete Partidas do Mundo. Uma cena para nunca mais esquecer.

E havia também as laranjas.

Os pés se espalhavam por trás do gramadão, as serras d'água que eram docinhas, o pai e os tios colhiam no pé, descascavam com o canivete e chupavam. À tarde, bagaço branco para tudo quanto é lado, duas metades murchas, mas ela chupava tudo, até o sumo, enfiava o bagaço na boca, devorava a laranja completa, ué, menina, cê comeu tudo? Ela mostrava as mãozinhas vazias, gostava, achava que era assim mesmo que tinha que ser feito, o normal. Que nem correr sozinha pela mata atrás da piscina e agachar na terra úmida, a pererequinha encostada no solo, descansando. Ficava ali por horas a fio, observando lá embaixo os porcos e as frutas caindo de podres, o sol que deixava o céu parado, o amor dos primos. Então fazia xixi, levantava e ia embora. Tudo muito grande. Tudo muito redondo. O mundo em sua boca e debaixo de suas pernas sendo por si só um deus muito perfeito, um apetite do corpo todo, uma coisa natural, enfim.

5

No outono em que Jostein a pediu em namoro para hibernar com ele no inverno e falou para ela não ficar com Bruno e tudo mais, e portanto na época do não, porque gente que nem ela não namora — mas isso ela não disse porque não tinha palavras para tanto —, pois bem, nesse mesmo outono houve o Sidra de Pera.

E houve também Jesus.

O Sidra de Pera era um inglês novinho. Potrinho. William. Dezenove anos. Sentado sozinho num bar em Charing Cross. Você é espanhola? Perguntou por causa da bolsa com o escrito *Barcelona*, presente de Bruno, e também por causa do corte de cabelo moderno, feito no salão de um conhecido que Bruno indicou. Ela fez que não com a cabeça. Mas mostrou os caninos num sorriso. Então ele veio se sentar na mesa e tomaram sidra de pera juntos. Ele, estudante de Belas-Artes. Ela, fingindo que não sabia inglês. Ele a chamou para o show de um amigo e ela topou. Ele, magro e adolescente, ela, com a perna forte das corridas e caminhadas. Na escada do metrô em Piccadilly, ele colocou a mão na bunda dela. Sem cerimônia. A mosca que pousa na salada do almoço. O sabiá parado em cima da vaca cega de um olho só. Uma vontade, vai lá e pronto. Por isso ela não se assustou. E também porque gente que nem ela não se assusta nunca mais nessa vida.

Andavam andavam. Ele dizia *church church*. Enfiavam as mãos no casaco, o vento gelado, as folhas despencando das árvores. Nuvens negras de outono nos crisântemos e sobre os telhados das casas. Ela tinha entendido que: o show do amigo era atrás da igreja. A igreja anglicana branca, sentada num trono iluminado sob o escuro do céu. Ele a chamou para o show, só que dentro da igreja.

O amigo do Sidra de Pera era pintor e tocava guitarra com a calça jeans manchada de tinta. A banda balançava a cabeça. Metal pesado. Os bancos lotados de meninos, pode ser que fosse domingo, a igreja em Fiandeiras se enchia apenas aos domingos. Pelos assentos do templo havia pacotes de chips espalhados. William abriu um deles e começou a mastigar batatas *nhec nhec*. Os poneizinhos, dezoito, dezenove, vinte anos. Garotos de banda inglesa anglicana com os cabelos cortados rente, como a crina dos cavalos quando embolavam para a exposição.

Mas ele era um Homem.

Estava lá. De olhos abertos na cruz. Jesus no alto da igreja.

Não de olhos voltados para baixo, na parede, em meio às africanas. Jesus agora se cobria até o pescoço, mas no Dia do Antes seu peito estava nu.

No Tempo Grande, o céu não tinha donos. A respiração do mundo vinha se deitar na sua barriga. Olhando a lua do mato, atrás da piscina na fazenda, não havia o início e o final de todas as coisas, porque não havia o tempo. Jesus usava um pano branco amarrado, em meio às africanas de turbantes coloridos. As portas viviam abertas para a piscina. Fazia calor mesmo durante as pancadas das Grandes Chuvas. No Dia do Depois, Jesus se cobriu. Vestiu terno de advogado. Sumiu. Ele tinha os olhos fechados e por isso não viu o *strike*. Os peões de boliche que se espalharam para todo lado. Pai, mãe, filha. Cada um para uma ordem das coisas. Ele deixou que a fazenda fosse vendida para os freis. Deixou o mato crescer na cerâmica portuguesa. Cobriu de lodo as pedras brancas redondas polidas do fundo da piscina. Para que o sapo amarelo fosse embora com seus girinos. Ele não viu quando o joelho dela bateu no chão. Na porta do banheiro. E se rasgou numa farpa. Com as mãos postas. Os gritos e os berros e o susto eterno. Por que ele não abriu os olhos? Por que ele deixou ela chorar? Ela sofrer, ela doer. Por quê? Jesus deixou que Daniel fosse embora. No Dia do Depois, o destino fechou o zíper do Tempo Grande e vestiu a roupa apertada do Tempo Pequeno. Colocou terno de advogado. E a levou para morar ali. Em Londres. Com sua Cabeça de Ovos Mexidos que não se lembra. Que nunca nessa vida quer se lembrar.

Do que aconteceu.

No Elo Perdido.

Quando acabou o salgadinho, William a pegou pela mão e a levou embora da igreja. Ela não olhou para trás. Houve um beijo no muro. Tinha pouca língua. E gosto de Sidra de Pera. Ele disse com olhos de ovelha apaixonada: agora você é a minha namorada. Ventava gelado que nem outono de filme. Machamba nem sequer sorriu. Virou as costas e foi embora, com a mão no bolso do casaco. Surda e muda. Sem olhar. Gente que nem ela não namora. E gente que nem ela detesta beijo com pouca língua.

b

E por falar em beijos...

Quando o Cesar e a Helena se beijavam no último capítulo da novela, ela dava cambalhotas. Piruetas. Havia losangos marrons no carpete em que ela botava as duas mãos, a cabeça e *vrum*. Um tatu-bolinha em plena excitação. Os pais riam e ela virava mais cena do que a tevê. Vinha primo, tio, tia, vinha João e Joana para ver os acessos causados, as pernas para cima, a bananeira na parede, quando o casal se beijava. Depois vieram as Brincadeiras com as meninas do grupo em Fiandeiras. Olha, a gente beija, e davam estalinho na boca uma da outra na frente dos meninos, que diziam: eca. Um dia, ela e a colega deram um balaço de novela. Com a boca aberta, mas sem língua. Então vieram os treinos de beijo no bebedouro do recreio. A mais velha já tinha beijado duas vezes, dois garotos diferentes. Um deles espalhou que o beijo dela tinha muita saliva. Mas o que importava mesmo era ela ser maior, mais peituda e já ter beijado. Como é que as línguas se enroscam? A fila do bebedouro cheia de atenção, menininhas em série com os olhos arregalados. Na sua vez, Machamba imaginou dois cabides se enganchando, duas plantas trepadeiras, duas cobras alquimistas. *Ha ha ha*, olha só como ela faz! Riram. E ela se viu pronta para o desastre.

Mas agora experimenta todas as línguas de Londres. E não liga se riem dela. E de suas cobras alquimistas. Há línguas com mapa-múndi desenhado, línguas com céu de estrelas, muito vermelhas, fininhas e pontudas que dão agonia, línguas ralo de pia que sugam, línguas avassaladoras, tapete de rainha, com dente, barba ou saliva, línguas duras, ansiosas, querendo não querendo, línguas experimentadas e línguas que são o encaixe perfeito do furo com a ponta da peça do nosso Quebra-Cabeça. Um dia ela achou que o beijo de Luís fosse o melhor beijo do mundo. Mas não. Esse era o outro, escondido no galho de uma mangueira, com a fita vermelha pendurada. Um beijo que não se oferece há muitos e muitos anos.

Mas o inverno vem chegando.

E os beijos pendurados nas árvores estão prestes a cair.

7

Depois de visitar a sua sala do seu museu, Machamba segue a pé até a Russell Square. O vento gelado estapeia a pele do rosto, as pessoas puxam o cachecol e respiram dentro da lã. Os casacos pretos vão se esbarrando uns nos outros, sem nunca mais se encontrarem. Ela espera sentada num banco em frente à fonte d'água quando Bruno chega. Com seus olhos de peixe profundo. Ela está piscando mais vezes do que o normal. Nunca fez isso antes, não dessa forma. Mas mesmo assim sua calma surpreende Bruno. Eles dão um beijo no rosto, atravessam de mãos dadas as ruas e entram por uma porta azul de madeira, com puxador de leão. Sobem por uma escada fina e seguem o corredor ao sul. Tudo ali é silencioso. Avançam devagar pela penumbra do apartamento, com o carpete abafando seus passos. Até chegarem na sala. Em vez de janelas, há um jogo de espelhos, com uma poltrona marrom no meio. Uma cadeira masculina de couro. Bruno vai até a cozinha e acende uma lâmpada. Ela olha o apartamento com persianas escuras, que nunca nessa vida gostaria de ter, nunca nessa vida seriam suas. O carpete tem tons de cinza e antiguidade, é dia lá fora, mas vedaram a claridade da rua. Só uma poeira de luz se anuncia.

Um homem surge detrás de um dos espelhos. Nu.
Ele fica ali plantado, olhando para ela com cara de carne.
— Bruno!
A voz de Machamba retumba desafinada pelas imagens refletidas. Bruno vem da cozinha na mesma hora e leva o homem

de volta para trás do espelho. Esse passo adiantado do sujeito já a irrita na profundidade. Já esquenta a sua Cabeça de Ovos Mexidos. Pois ela queria que fosse tudo perfeito. Não que tenha vergonha. Gente que nem ela não sente mais vergonha. Só não quer nada fora do lugar. Pelo menos hoje não. Ela trocou de roupa antes, vestiu o corselete por baixo do casaco, a calça de montaria e o chicote do cavalo. Calçou as botas de salto fino, pintou os olhos de escuro. E trouxe o cachimbo enrolado na flanelinha do bolso, perto do coração. Como na Fazenda em Fiandeiras. Tudo do jeito que ela quer. Afinal, é a sua festa. Do seu dia.

O dia do seu aniversário.

Sua respiração sai mais grossa do que o normal, não sabe se natural. Ela não bebe, mas hoje bebeu. Veio de tomar o terraforte, o mesmo que os homens em Fiandeiras tomavam, entre as vacas e os bois. Um caldo grosso marrom potente. A bebida é cozida nas ervas e desce flamejando. Ela preparou na cozinha da Senhora Galesa e trouxe na garrafinha térmica, virou num só gole, no banco da Russell Square. Brindou com a tampa e a garrafa. Entre um passante e outro. Um e outro advogado de Hong Kong. Ninguém reparou. Londres. Ninguém lhe deu os parabéns.

Agora ela se senta com uma das pernas sobre o braço da poltrona. Bruno traz o fogo. Ela acende o cachimbo e faz um giro na fumaça, norte, sul, leste, oeste. Se encosta no espaldar da poltrona. E manda bala nessa porra.

Um outro homem surge detrás do espelho. Também nu. Com a venda nos olhos e os ombros curvados para dentro. Está perdido de dar dó, exposto e inapropriado, sem ter onde colocar as mãos. Ela dá a ordem a Bruno para que tudo comece. Então vão surgindo detrás dos espelhos, um por um.

Homens.

Ela pediu os meio fortes, de braço esporte e dedos de calo. A sala fica cheia. Eles vão se multiplicando pelos reflexos. Camadas e mais camadas de homens, só na mão, para ela olhar. As veias do braço vão saltando com o movimento *chac chac*. Como se tivessem mesmo muito trabalho a fazer. Muita cana para colher, terra para mexer, cavalo para domar. Na Fazenda em Fiandeiras, os peões seguravam a cerca com dedos de curativos. Eles carregavam peso e subiam na boleia do caminhão. Ela se encosta na poltrona. E fuma o seu cachimbo. A fumaça entra e sai, entra e sai, a fumaça entra e sai... Machamba está tão tranquila.

Homens trabalhando. Ela só fruindo o barulhinho. A tarde sendo levada assim, com a natureza dos ritmos acalentando, que nem o nascer ancestral das raças, uma coisa mesmo dos primórdios da criação, só que ainda mais antiga. A sala aquecida com as mãos de homens procurando resolver o momento, investindo no agora, esquecidos de que, aconteça o que acontecer, a mudança é inevitável. São homens querendo muito ser felizes, aliviando o nada da vida com a palma das mãos. Ela se levanta da cadeira e estala o chicote no chão. Eles ficam arredios, na fazenda, o chicote também assustava os bichos. Ela estala de novo com força, e com mais força, e com muito mais força ainda estala o chicote no chão. Os homens ficam assustados. Com vendas nos olhos e movimentos em suspensão. Mas não vai bater neles, nunca nessa vida deixa marcas, filetes de sangue ou cicatriz. Ela vive sem rastro. Apartada do tempo e do espaço. Tudo que ela quer é que eles façam o que fazem mais depressa, só quer aumentar o ritmo dos trabalhos, fazer os corações baterem mais forte, só quer fugir em direção a um grande final.

Um homem cai de joelhos no chão. Um garoto medroso. De costas largas com espinha. Ela manda e ele continua na frenética do coelho *tum tum tum tum*. Um menino. Ela sente dó do desejo dele, encurvado ali no chão. Dó de todos aqueles esforços e todos aqueles homens. Dó de toda a humanidade e seus gozos sem-fim e exigentes. Ela sobe na poltrona e deixa que tirem suas vendas. Podem ver a mulher. Podem se deliciar com a visão do redondo e de tudo aquilo que é curvo nesse mundo. Ela rebola, agacha e dança no chicote, o fácil. É a mesma dança de sempre. Desde que o homem é homem, a mulher é mulher, e alguma força os impeliu a se procurar e a reproduzir. Está assim a realizar um rito muito antigo. Mas ela mesma não sente nada. Ela só quer ir para casa. Só quer colher uma flor.

Os homens guincham. Uuuuuuuuh. E é assim desde sempre.

Machamba desce da poltrona, enrola o cachimbo na flanelinha, veste o casaco e vai embora. Na porta beija Bruno, *thank you*, pelo presente.

E sai andando pelas ruas de Londres. Na noite do seu aniversário. Através da chuva que cai nos tijolos das casas. Antes de entrar na casa da Senhora Galesa, pisa no quintal sem as botas. Abre bem os dedos e fica ali, com os pés na lama gelada. A água da chuva escorre pelos cabelos, dependura-se nos cílios e mergulha nas bochechas, até a boca pintada de vermelho. Um gato preto se esconde sob o telhadinho da macieira, dois brilhos amarelos dentro de um pacote morno peludo. O gato respira olhando a chuva. Não há flores para colher.

Ela entra na casa, tira a roupa e limpa os olhos. O algodão sai preto. Ela lava os pés, a terra escorre na banheira. Toma um banho quente. Depois se deita na cama, o lençol tá macio nela. Acende uma velinha sobre o criado-mudo, ainda nem é meia-noite. Feliz aniversário. Ela sopra a vela e se vira de bruços. Aperta uma mão na outra. Esconde um pé no outro. Uma memória quer se misturar com a outra, mas ela não deixa. Uma lembrança muito antiga, com sapos que deixam piscinas, ambulâncias que chegam e amores que partem. E também aquele sangue de joelho de criança, que se derramou sobre a madeira do corredor. Mas a Cabeça de Ovos Mexidos logo se enfia no travesseiro sobre a dor acostumada. E fica pensando em Luís e Esponja Branca, antes de dormir.

8

A primeira vez foi durante os jogos de baralho. Quando houve o primeiro Sangue Derramado. A mesa de madeira da Fazenda em Fiandeiras escondia as oito pernas brancas sobre o estofado das cadeiras, ela não se lembra bem do que bebiam durante os jogos. Acha que batidas que preparavam com pêssego, vodca e também uma bebida chamada Malibu, feita de abacaxi e coco. Eles jogavam buraco. Havia as canastras reais de losango, coração com cabo, coração vermelho e flor preta. Sempre havia cinco na sala. Um tio e uma tia jogando contra o pai e a mãe. Ela sempre pedia para entrar no jogo. A mãe dizia, da próxima vez. Não sabia que só cabiam quatro no buraco. Até que um dia foram a Belo Horizonte de camionete, pararam num estacionamento de muitos andares. A mãe comprou toalha, conjunto de roupa de cama e garrafa de vodca. Comprou cigarro escondido. Também bonecas fofoletes e um Jogo da Memória com pares de animais. Para Machamba brincar na hora do buraco. Havia dois búfalos, dois flamingos, dois camelos. Não havia losangos nem flores pretas, nem parceiros para completar as sete cartas da canastra real. Os dois elefantes eram só para ela. Os dois tigres da Sibéria. Nas longas noites fiadas em batidas de coco. Ela se deitava no estofado olhando para o teto. Só cabiam quatro nas partidas de baralho. A mãe dava bicadas na bebida com a pedra de gelo dentro. O pai xingava, a tia ria e o tio esfregava o polegar na barba. De testa franzida e absorta. Eles batiam as cartas na mesa, faziam canastras sujas, compravam lixo. Todos pegavam em mortos. Enquanto isso, ela olhava para o teto.

Foi assim que viu a aranha. A grande teia que se formou no canto da parede da sala. Ninguém tinha reparado, eles jogavam concentrados. Uma bicha preta com patas enormes, a aranha fez uma rede de octógonos para agarrar suas presas. A morte em fios entrelaçados. Eles bebiam vodca. Ainda bem que não a viam. Senão seria a aranha morta. Ela ficou lá calada, amando a aranha. Os pelos de suas patas. Pequenas estruturas com articulação que caminham e se movem e por isso a vida. As portas da casa se fechavam para a piscina durante a noite, quando vinham os pernilongos e as pancadas das Grandes Chuvas. A mãe e a tia com a cintura apertada em bermudas de brim. Quando pegava na barriga da tia, achava a carne gelada. Lisinha mole branca. Ela, deitada no estofado, encarava a aranha na quina do corredor. Que trabalhou tanto sem ninguém perceber. O fazer obscuro. Silencioso e dispendioso, distribuído aos pouquinhos pelo tecido do tempo. Sem ansiedade. O Tempo Grande não é ansioso. Ele não comete excessos. Espalha-se bem pelo que o homem insiste em dividir em minutos. Os segundos do Tempo Pequeno com tantos traumas torrentes tropeços.

A aranha fez um belo trabalho.

Todo dedicado a ser destruído. A cadeia inevitável do matar e do morrer. Ela mesma iria morrer um dia, mas não ainda. Não agora. Agora o que sentia era vontade de matar. De levantar do sofá e acabar com a vida da aranha. O porquê ela ainda não sabia. Sabia apenas que a raiz escondida da árvore um dia arrebenta o chão. A água entupida da mangueira de repente sai em jatos de serpentina. Ela encarava a quina da parede enquanto mãe e tia jogavam buraco com pai e tio. A mãe balançava o gelo no copo *tlin tlin*. A tia sorria agudo. Com a pequenina cabeça confusa, uma cabeça que seria a avó da Cabeça de Ovos Mexidos, ela respirava com o peito mofado. O coração desencaixado pela primeira vez. O ar entrando num canudinho apertado. Quando nada mais é natural. Quando a vida fica ruim.

Foi nessa hora que a aranha caiu no chão. Assim do nada, de patas para o alto. Foi nessa mesma hora que ela a esmagou com a tampa do Jogo da Memória. Espremeu com força, até a vida deixar de fazer volume. O sangue se espalhou pela cerâmica. Grudou no encarte do jogo. O primeiro dos Três Sangues Derramados. O pai fez uma canastra de losangos vermelhos e a mãe de corações pretos. Ninguém viu o extermínio. Ela levantou o carpete e escondeu ali debaixo a gosma que ainda há pouco se chamava aranha. Depois pediu para entrar no jogo. A mãe disse que na semana seguinte.

9

A maior diferença entre ela e Esponja Branca era que uma vivia do lado de fora e a outra do lado de dentro. Uma mergulhava em silêncio, a outra se realizava em ações. Esponja Branca trabalhava com Luís no projeto de Mapear as Casas das Encostas para encontrar soluções que evitassem o deslizamento dos barracos da população menos favorecida na época das grandes chuvas. Usava óculos de gente determinada, tinha a pele de papel e mascava chiclete. Ajudava as pessoas, mapeava suas casas. E sorria. Esponja Branca toda sorridente com sua goma de mascar, andando para cima e para baixo com Luís. Não que fosse bonita, nem sequer atraente. Só mais uma garota da faculdade, como tantas que passam pelo corredor. Mas era pegajosa, ambiciosa, ficava sempre por perto, rondando, absorvendo o que quer que fosse para atingir seu objetivo. Uma esponja do mar que parece inofensiva, mas, cuidado, está se alimentando das partículas ao redor, essa é a sua forma de atacar. E naquele momento o objetivo de Esponja Branca era beijar a boca de Luís, com a plaquinha metálica no fundo do dente dele.

Se for pensar bem, toda essa história começou com o Vendedor de Enciclopédias. Muito antes de Luís e Esponja Branca, antes ainda do Elo Perdido, na época em que os sapos moravam na piscina. O Vendedor de Enciclopédias vinha sempre à fazenda. Ele e o Doce do Doceiro. O dos doces, sempre às quintas. O dos livros, uma vez por mês. O Doce do Doceiro vendia brigadeiro, cocada, torta de limão, manjar de morango, doce de leite, palha italiana. O Vendedor de Enciclopédias vendia Atlas, Dicionário da Língua Portuguesa de A a Z, Fascículos das Histórias Bíblicas e a Coleção das Antigas Civilizações do Mundo.

Todas as Enciclopédias ficavam na estante da sala, ao lado da parede com Jesus pregado na cruz e os quadros das africanas com turbantes coloridos. A Barsa. Conhecer. A coleção Lá e Linha, para quem sabe um dia a mãe fazer tricô. O pai avisava, agora chega, não compro mais, mas o vendedor aparecia e ele acabava comprando. Sobretudo os Fascículos das Histórias Bíblicas. Ele sentava-se com Machamba à mesa de jantar e explicava, Jeová fez isso, Jeová fez aquilo, apontando as imagens bíblicas com elefantes, girafas, leões coloridos e um casal coberto com folhas de parreira. Mas o que ela gostava mesmo era do Atlas. E também da Coleção das Antigas Civilizações do Mundo. Havia os gregos de Esparta, os egípcios do Nilo, os índios mojaves e os cherokees, os maias, os aborígines da Austrália e os bantos da África. A mãe via novela deitada em almofadas, enquanto o pai lia as histórias dos povos mesoamericanos e ela lambia a colher da palha italiana, o melhor Doce do Doceiro, feito de biscoito de maisena e chocolate.

No namoro com Luís, também havia biscoito de maisena.

Durante a faculdade, nos estudos do apartamento com sofá não seu e janela não sua, eles tomavam leite com café na caneca e comiam biscoito de maisena enquanto analisavam os mapas cartográficos. Por causa do Atlas do Vendedor de Enciclopédias, Geografia era a única matéria de que gostava na escola em Fiandeiras. Nas noites da fazenda, o pai apontava um continente e dizia olha, você mora nessa cobrinha verde. E por aqui fica a nossa casa. Ela se espantava. A fazenda enorme daquele jeito, espalhada pelo Tempo Grande, nem sequer aparecia no mapa, e ainda havia todo o azul dos mares e dos oceanos, na bola flutuante da Terra. E depois? Havia ainda a lua e os planetas, e o sol e as galáxias por todo o universo. E depois. Hein, pai? E depois? Depois, só Deus.

Uma vez, no seu aniversário, o pai comprou um globo terrestre de Quebra-Cabeça. Machamba montou pecinha por pecinha junto com ele, enquanto a mãe assistia à tevê chiando, com a antena amarrada com palha de aço. Depois de montarem tudo, ela girava o globo e parava o dedo em algum lugar, seu polegar maior do que um país inteiro. A Ucrânia. O Nepal. Belize. Eles brincavam de pensar outras vidas. Tá vendo, filha, você poderia ter nascido a filha do presidente dos Estados Unidos, aqui em Washington, ou uma esquimó bem bonitinha na Sibéria, ou uma camponesa no Vietnã. Mas você nasceu aqui, na Fazenda em Fiandeiras. Depois, olhando para o céu, ela estremeceu só de pensar que a lua fosse a mesma, ainda que ela tivesse nascido em um monte de lugares e épocas diferentes.

Esses eram os assuntos do Tempo Grande.

No Tempo Pequeno, ela fez vestibular para Geografia.

Passou.

E na faculdade conheceu Luís e começou a esquecer de si mesma.

Luís sabia tudo sobre as fronteiras de guerra. E as políticas de exclusão dos menos favorecidos. Era integrante da União Nacional dos Estudantes. Ela panfletava com Luís por coisas que não sabia o nome, só para ficar perto dele. E da peça metálica do dente dele. Ele usava óculos e falava da China, da Guerra em Burma, dos conflitos tribais no Sudão, dos atentados no Afeganistão. Ela escutava tudo, sentada no bar em Belo Horizonte, com quibe na mesa e tentando gostar de cerveja, servida num copo lagoinha. Mas gostava mesmo era dos almoços na casa de Luís, porque toda a família se sentava junto para comer. E agora ela era parte da família, sua cadeira ficava entre a de Luís e do seu irmão mais novo. Havia batata frita, arroz e feijão. E também o frango assado comprado pelo pai dele, junto com a farofa de ovo. O pai se sentava na cabeceira e reclamava de tudo. Ela não se importava. Adorava o pai de Luís. Mas ele nem sequer se lembraria dela.

Havia muitas garotas atraídas por Luís daquele jeito, sempre lutando pelo direito dos oprimidos. Num sábado à tarde, era capaz de catar um injustiçado no meio da rua, só para brigar por ele. Sentava-se no bar com sua camisa do Che Guevara, falava com todos, conhecia toda gente. Antes estudava Medicina, não gostou, acabou na Geografia, por causa da cerveja mais barata e mais gelada, era o que ele brincava. Enquanto ia gritando em nome do povo. E beijando escondido o chiclete de Esponja Branca. Ficavam muito tempo juntos, aqueles dois, Machamba não gostava, mas o que podia fazer, se não queria Mapear as Casas dos menos favorecidos?

Ela gostava do mapa que era Luís.

Gostava de observar o jeito como a franja dele caía na testa. Quando o ventilador vinha, a franja subia e, quando passava, a franja descia. Gostava dos olhos sobre os mapas cartográficos e dos dedos na caneca, enquanto bebiam leite no apartamento não seu em que ela morava. O biscoito de maisena entrava na boca de Luís em dois pedaços rápidos. Na dela, em pequenos pedaços, molhados no leite. Gostava de observar as fotos da família no corredor da casa dele, Luís junto com a avó, Luís criança com o irmão na praia. Ele falava do projeto de Mapear as Casas e ela observava os pequeninos pontos escuros da barba dele, as linhas pretas e pontudas do bigode aparado, os poros da pele macia cuidada pela mãe quando ele era bebê. Gostava de ficar olhando a cicatriz de chumbinho no canto esquerdo da testa, os dentes alinhados da boca e, claro, a pecinha metálica.

Ele, falante e sociável. Ela, bonita e sem palavras. Não tinham muito em comum. Só mesmo aquele plano que um dia traçaram, deitados no apartamento não seu com janelas não suas. Um mapa para conhecer as Antigas Civilizações do Mundo. Fizeram um roteiro de viagem para conhecer a Grécia, e o rastro deixado pelos filósofos, de ir até a Capadócia, ver as grutas pintadas pelos monges, conhecer o Egito, o Oriente, a Índia. Como nas Enciclopédias da Fazenda em Fiandeiras. Falavam da viagem assim, deitados, fundidos em concha, amalgamados. Partiriam assim que a faculdade terminasse, primeiro para Londres, beber cerveja *pint* nos *pubs*, depois seguiriam para as ruínas do mundo. Machamba não considerava a possibilidade de a viagem não acontecer. Gente que nem ela não entende essa coisa de dizer passa lá em casa, sendo para a pessoa não passar, me liga, sendo para a pessoa não ligar, e um sabe disso e o outro também, e mesmo assim eles reproduzem as mesmas palavras. Isso seu pai não explicou. Nem ensinaram no grupo escolar em Fiandeiras. As pessoas falam e não cumprem. Se esquecem, mudam de ideia. Simples assim. Mas para ela não. Para ela a viagem acabou acontecendo, mesmo com acidente de caminhão.

10

    Londres começou com as cabines telefônicas vermelhas. Os superincríveis teletransportes. Numa sessão da tarde sem aula no grupo em Fiandeiras, Machamba assistiu a um filme sobre dois meninos que viajam no tempo e perfuram o espaço da História, dentro de uma cabine daquelas. Nunca disseram para ela que dentro dos telefones londrinos não havia botões mais rápidos que a velocidade da luz, mas, sim, as mil e uma fotos das garotas da prostituição que se espalham pela cidade. Polonesas, asiáticas, brasileiras, garotas da Letônia, do Peru, da Tailândia e da África do Sul. Tantos papéis que dava para chutar os panfletos no chão, as calcinhas eslavas, as rendas malhadas, os peitos aos montes. Quando menos esperou, a colega de uma colega do café propôs o negócio. *Money money*. Ela até que pensou, mas não aceitou.

    Não que tivesse medo. Gente que nem ela não tem medo. E não que tivesse nojo. Gente que nem ela não tem mais nojo nessa vida. Nem era questão de caráter ou falta dele. O fato é que nem sequer gostava de dinheiro. Houve uma herança do Tempo Pequeno. Um dinheiro na conta do banco com que pagou o avião, comprou casaco preto e fez supermercado. Além do casaco, comprou a roupa de trabalhar, a roupa de dormir, a roupa de usar na rua, a toalha de tomar banho. Também o par de tênis novos e as botas de salto alto. E só. Não precisava de dinheiro. Nem de roupas. Para quê? Só gastou um pouco mais no corselete preto e nas calças de montaria, para sair com os Pretendentes e usar com as botas. Sempre gostou de botas. E de estalar chicotes. Não se lembra bem como começou a brincadeira dos chicotes. Foi Bruno quem trouxe um de presente. Isso ainda na época de Jostein.

Havia muitos brinquedos e brincadeiras. Ela começou a fazer como passatempo, esquecimento, esporte. Não como trabalho. Não para ganhar dinheiro. Mas como mergulho, trilha e cavalgada. Expedição pelos mapas dos corpos. Navegação por ossos, músculos e líquidos. Ela embarcava nos homens, mas nunca se ancorava nos portos.

Os Pretendentes não paravam de surgir. Vinham de todas As Sete Partidas do Mundo. Essas coisas acontecem, uma pessoa apresenta à outra, espanhóis, noruegueses, turcos e matutos, um ou mais corpos, três, às vezes seis. Ela brincava de recheio, de Presunto do Misto-Quente, brincava de desenhar o contorno dos corpos com a língua, de trotar para as visitas verem. Brincava de estalar chicotes no chão, com as botas de salto alto e a calça de montar.

Às vezes acontecia de não ser a chefe das Brincadeiras. De ser só a piscina em que eles nadavam. Isso podia ser bom, mas quase sempre não era.

Pois gostava de dominar os cavalos.

De domar o tempo e controlar os sentidos. Talvez por isso passou mais a olhar. Foi assim pouco a pouco. Começou com Bruno, seu amigo sem peso que não pede para namorar, que não se importa em dividir, que gosta de brincar. Bruno conhece muita gente. Foi ele quem a levou numa festa com uma escada que descia e descia e chegava num salão que parecia uma caverna. Uma gruta quente. Havia um bastão no teto de ponta a ponta e homens e mulheres se agarravam em fila, parecendo os chouriços no panelão, os porcos na lama, os coelhinhos nascendo. Só que bem mais fervente. Ela ficou ali, no meio, sentindo: nada. Dava até agonia. As mãos sem direção certa, os dedos ansiosos. A boiada pouco inspirada. Um bando de pacote morno se apertando e tentando disfarçar o nada da vida. Ela então saiu para assistir, o quadro era assim: cores de peles variadas com detalhes de preto e rosa, a parede rústica de pedra, uma luz laranja incidindo para o vermelho. Achou bonito.

Agora, ela só olhava. Participava das Brincadeiras somente quando Bruno telefonava e dizia: tenho uma ceia de Natal para você. Machamba ia. De botas de salto agulha. O Pretendente era quase sempre um recém-chegado a Londres, um potro de olhos arredios. Ela tentava não assustar o garoto e conseguia, pois também tinha os olhos inocentes. Uma feminilidade tão delicadinha, a garota vinda lá de longe, do interior, do outro lado do mundo. Tudo parecia um encontro. O Pretendente ficava confortável. E no mais suor, pernas e força, muita força.

Para aliviar uma tensão que nunca nessa vida se alivia.

De vez em quando, os Pretendentes queriam ela só para eles, e pulavam fora do barco quando vinham Bruno e outros amigos para as Brincadeiras. Iam formando um clube. Quando caíam as chuvas, ela também gostava do encontro a dois, o *tête-à-tête*, o passeio com um cavalo só, cheio de pequenices e respirações. Mesmo na manada, gostava dos detalhes rápidos e inesperados, a temperatura no interior de uma coxa desconhecida, a mão estranha pressionando as costas, o pé pisando dedos grandes do pé de outro alguém. Mergulhava com uma fluidez que causava comentários. Degustava. Mas podia notar a distância entre os olhos das pessoas. Ela não bebia, então percebia as ondas com lucidez, nadava e observava o mar coletivo, a embarcação sempre terminava por tomar um rumo masculino de tensão e alívio da tensão. Machamba dava suas braçadas, mas às vezes não se divertia. E ficava observando a cavalgada dos homens enfurecidos. Cavalariça. A contração máxima e o alívio. E o silêncio que fica depois. Homens que vão embora exatamente como vieram, por vezes até mais tensos. Mas sempre voltam. Gostava também de observar as mulheres e seus olhos não sinceros. Olhando longe, buscando o prazer na cabeça. Talvez procurando o Amor lá dentro. As mulheres gostavam muito quando se encontravam com outras mulheres nas Brincadeiras. Sobretudo com ela. Porque ela olha nos olhos e te ama. Mas nunca por uma segunda vez. E isso dói nas mulheres. Não ser olhada de novo. Como deve ter doído em Cecília, naquela vez no hospital. A caminho da Fazenda em Fiandeiras.

    Assim ela mais assistia ao balé do que dançava. Ancorando seu barco cada vez mais no si mesmo. Ensimesmando. Dentro da sua Cabeça de Ovos Mexidos que balançava com as lembranças de Luís e Esponja Branca. No fundo de seu silêncio, ela observava as mulheres de Bruno na cama. Depois, mostrava a ele como velejá-las melhor, aproveitar as curvas que o mundo faz, o redondo e sublime corpo das mulheres. Pegava frutas na cozinha, apalpava os pêssegos no misto perfeito de força e delicadeza. Tirava a pele com carinho, sentia o gosto, respeitava o caroço da fruta. Bruno se divertia, o espanhol do mercado imobiliário inglês. A intimidade entre eles crescia com leveza, de forma bem natural. No dia do seu aniversário, Bruno trouxe o presente para ela, como prometido, os Pretendentes dentro de um apartamento em Londres. O preparo e o cuidado dele tinham se revelado em cada detalhe, e ela começava a desconfiar. Do algo que nunca nessa vida poderia surgir ali. Algo que denunciava que logo ela teria que se despedir também de Bruno, pegar sua cabine telefônica e aterrissar em outras paisagens. Talvez outros corpos, outras Partidas do Mundo. Quem sabe navegar no mapa das Antigas Civilizações. Seguir só na viagem que havia combinado com Luís. Quem sabe assim ela encontrasse o que despencou no Elo Perdido, aquilo que separou para todo o sempre o Dia do Antes do Dia do Depois.

II

E a paz de Deus, que excede todo o entendimento, guardará os vossos corações e os vossos pensamentos... Machamba esqueceu o resto dos Filipenses. Onde é que se guardava a paz de Deus. A frase sumiu junto com o Elo Perdido. O pergaminho com os dizeres bordados em verde, em cima da máquina de costura que a mãe nunca usava. A não ser para fazer laços borboletas. O pai comprou a máquina pensando que a mãe se encaixaria um dia naquela paisagem. Costurando capas de almofada. Inventando vestidos de criança, enquanto o pai lia as Histórias Bíblicas, Jeová fez isso Jeová fez aquilo, nos fascículos que o Vendedor de Enciclopédias trazia. O Jesus dos fascículos era bem diferente do Jesus da parede. Um olhava para cima, enquanto o outro olhava para baixo. Um falava aos homens com a testa enrugada, o outro tinha a testa de sangue coroada de espinhos. Os dois sofriam entre as sobrancelhas. Quando veio o Elo Perdido e tudo se partiu e o que era eterno deixou de ser eterno e o que era doce deixou de ser doce e o Tempo Grande se tornou o Tempo Pequeno, Luís encheu o apartamento não seu com a luz do sol. Raios de manhã contente. Quando o limo invadiu as pedras brancas redondas polidas, Luís surgiu de repente como um alvejante. Deixou tudo claro bonito brilhante. Mas, mesmo nessa época, ela não se esqueceu do rosto do Jesus do fascículo e do rosto do Jesus da parede.

Nem do outro. O feminino.

Quando chegavam as noites na fazenda, ela pedia, por favor, Nossa Senhora, não apareça para mim, por favor. Mas ela aparecia. O rosto da Nossa Senhora grudado na porta do armário. Triste de véu. Com os olhos bovinos. No grande quarto das beliches vazias, que se enchia apenas quando vinham os primos e as primas do Rio de Janeiro. Ela corria para a cama dos pais, mas o perigo continuava na janela. Nossa Senhora fazia que ia surgir assim, de repente, com seu véu bem no meio da cortina. E, quando ela ia na cozinha à noite beber água, era o Cristo da parede que ameaçava, ela pedia, por favor, não abra os olhos, por favor. Ele consentia. Só as bruxas que moravam ao redor do lustre é que se moviam. Na sala e nos quartos, caídas por trás das beliches. Ela se acostumou com as bruxas. E com os outros moradores noturnos da casa. Os besouros. Também com as taruíras do teto. Quando vinham as primas do Rio de Janeiro, sempre havia escândalos por causa de uma lagartixa, e elas choravam com gritinhos, sem ter para onde correr com a casa fechada. Machamba descolava a taruíra da parede e pegava pelo rabo, que às vezes se partia na mão, e a lagartixa ficava lá, toda desequilibrada. Dava nome para elas: Jeniceia, Jenivalda, Jeringonça. E também para as baratas, que eram poucas, quase raras. Se ficassem quietas, poderia até amá-las. Mas baratas voadoras não podia, pois faziam coisas inesperadas, mudavam de repente de lugar, o movimento. E não era possível se acostumar, amar assim o que muda tão rápido. Aconteça o que acontecer, a mudança é inevitável. Gostava dos pequenos cantos. E dos bichos que não voavam e moravam neles. Insetos novos, que nem nome tinham. Também a rãzinha do banheiro ela poderia amar, se não desse pulos quando ela tirava a calcinha para fazer xixi. De vez em quando, a rã sumia do banheiro e ia até a piscina amar o sapo amarelo. E parir aquele bando de girinos da borda. Depois voltava. Uma vez, os primos tinham puxado a perna do sapo, escondido nas pedras brancas redondas polidas da piscina. Os primos de Fiandeiras vinham sempre aos domingos, depois da missa. Junto com os tios e as tias, trazendo travessas de lombo cortado na cozinha, com a faca elétrica. Os primos passavam o domingo na piscina, com a boia de pneu, e davam abraços d'água. Eram bem maiores e ela ficava com a cabeça na barriga molhada deles. Com pelos nascendo. Quando vinham as primas do Rio de Janeiro, os primos se beijavam na casa antiga lá embaixo, ao lado do curral. Com galochas de lama e línguas de lima. Sob o céu parado e o amor dos porcos.

Depois do almoço, o pai se deitava na cama para ler a Bíblia. A janela aberta para a piscina, e a cerâmica portuguesa da escadaria. A Bíblia era um livrão de páginas macias de seda, com vários furos dourados do lado, para ela enfiar os dedos. O pai contava que, no Fim dos Tempos, todos se levantariam e Jesus julgaria os mortos e os vivos, e então decidiria quem iria viver a Vida Eterna no Paraíso. E quem queimaria para sempre no Fogo do Inferno. Pai, para onde é que eu vou? Claro que é para o Paraíso. Mas o que eu vou fazer lá? As mesmas coisas que você faz aqui. Lá tem boneca? Tem. E piscina? Tem lago. O lago tem sapo? Filha, lá moram todos os animais. O pai mostrava, nos Fascículos das Histórias Bíblicas, os desenhos das crianças brincando no Paraíso, com laços de fita no cabelo, em meio a cervos girafas elefantes. Ela se imaginava ali, no meio daquelas meninas, montada no pescoço daqueles bichos, feito os cavalos para as cavalgadas. O pai cochilava o almoço de domingo.

No sono da tarde não havia reza. Só no sono da noite.

Quando Machamba se enfiava de Presunto do Misto-Quente entre a mãe e o pai na cama, debaixo do cobertor grosso xadrez, era assim: *santo anjo do senhor meu zeloso guardador se a ti me confiou a piedade divina sempre me rege me guarde me governe me ilumine amém pai nosso que estais no céu santificado seja o vosso nome venha a nós o vosso reino seja feita a vossa vontade assim na terra como no céu o pão nosso de cada dia nos dai hoje perdoai as nossas ofensas assim como nós perdoamos a quem nos tem ofendido e não nos deixeis cair em tentação mas livrai-nos do mal amém ave maria cheia de graça o senhor é convosco bendita sois vós entre as mulheres e bendito é o fruto do vosso ventre jesus santa maria mãe de deus rogai por nós pecadores agora e na hora de nossa morte amém.*

Um dia, o pai falou que não era mais para rezar a Ave Maria, que tinha que rezar só para Deus. Pai, mas ela não é a Mãe de Jesus? Você deve rezar para o Pai de Jesus. Mas eu não rezo para você e a mamãe? O pai repetiu, só para Deus. Além do Cristo na parede, do Cristo do fascículo das Histórias Bíblicas e da paz de Deus, que excede todo o entendimento, em cima da máquina de costura, havia também a Nossa Senhora da sala de jantar. Tinha a cabeça meio tombada para a direita, a boca triste, o véu branco. Era esse mesmo rosto que aparecia grudado na porta do armário. No meio da noite, no quarto das beliches vazias, ela surgia assustadora, bonita demais. Com lágrimas nos olhos. Depois que Machamba foi crescendo, parou de ter medo e ficava olhando. Dava uma vontade de cuidar. De fazer cosquinha para ver se ela ria. A Nossa Senhora fazia parte da família. Mas o pai disse que não se podia mais rezar para ela. Para a Mãe. Foi cortada da lista, chorando ferpas na madeira do armário. Foi nessa época que a cabeça-avó da Cabeça de Ovos Mexidos começou a ficar confusa. E foi também por essa época que Deus foi deixando de existir.

12

    Não há neve no Natal em Londres. Mesmo se houvesse, Natal é coisa que não existe mais. Nem mês, nem ano, nem data. Nada. Nunca mais nessa vida o Natal existe, nem o peru e a faca elétrica e os automóveis dos tios com faróis reluzindo sob a chuva. O Natal não existe, não existe a neve, mas o inverno sim. Ela trabalha como todos os outros dias. No café nos arredores de London Bridge. Os advogados de Hong Kong tomam mais cafés, o vestíbulo carrega mais casacos e os chás gelados desaparecem do cardápio. Machamba sai com o sobretudo grosso em cima do uniforme da garçonete: a camisa de botão, a saia reta e a meia calça. Nessa noite vai com Bruno a uma festa nos arredores de Londres. Uma ceia de Natal de verdade. Ele diz que ela vai gostar. Bruno comprou um carro com o dinheiro do Banco Imobiliário. E agora mora num apartamento só para ele. Com janelas que são suas e persianas também. Jostein vai se casar de novo. Os Pretendentes vão arrumando suas vidas na Inglaterra.

    Ela e Bruno seguem no automóvel preto. Em casacos pretos de penas de ganso. Com velocidade pela estrada de árvores desfolhadas. Ele segura o volante com as luvas grossas. Perfume e loção de barbear. A pele barbeada tem pontos pretos, arrepiados de frio. Dirige por mais de uma hora. É uma terça-feira. Desde três horas da tarde já é noite.

    Três estrelas piscam no céu.

    A casa da festa de Natal tem um jardim de inverno com uma fogueira. A labareda queima um grande tronco atravessado e galhos menores de árvores diferentes. Com aromas. Há canecas de vinho com canela, cervejas com manteiga, pães e frutas secas. Há também muitos casais na festa. Mulheres e homens bonitos de roupas coloridas. Com os dentes tortos. Há maçãs cultuadas. E também as avelãs e as luminárias. Não se parece nada com as festas de Natal na Fazenda em Fiandeiras. Só se for pela árvore enfeitada com luzes e presentes, e pelo tanto de comida em cima da mesa, até um porco inteiro assado. Ela não sabe de quem é a casa. A casa muito distante do inverno. Muito distante do lago congelado lá de fora. Não é escura como os apartamentos das Brincadeiras, muito pelo contrário, é quente das velas e das lamparinas. No jardim de inverno tem a estátua de uma mulher, uma Deusa. E de um Deus menino. Durante a festa, eles fazem rezas em gaélico. Como nas Enciclopédias das Antigas Civilizações. Como os antigos celtas, eles comemoram a festa da colheita, a última do ano, antes de o inverno arrancar as folhas e levar embora as plantações. Eles agradecem a Mãe Terra por ter lhes dado fartura, tanta abundância ao redor, e por isso comem maçãs. Comem castanhas, carnes e distribuem presentes.

    Bruno tira uma caixinha preta da árvore. Dá a ela uma corrente que pode ser que seja de ouro, mas isso não importa. Ela lhe dá de Natal um sorriso cheio de dentes, o melhor que pode naquelas alturas. Nas correntezas dessa vida. Depois todos cantam em roda, dançam ao redor da fogueira. Tem até uma harpa. É a noite do Equinócio de Inverno, a noite mais longa do ano.

    Quando muita coisa está para acontecer.

    As ondas da bebida vêm chegando. Lá pelas tantas eles começam a tirar a roupa. Ela tira também. Distribuem máscaras para todos. A dela é marrom e dourada. A de Bruno, preta e prata. Vão começar as Brincadeiras.

    Bruno já havia lhe explicado. Os homens se deitam em volta da fogueira e as mulheres sentam-se por cima deles. Mulheres de corpos grandes, com seios prontos para se encher de leite. Algumas têm o corpo desenhado, raminhos de planta saindo do umbigo. Também nos braços e pernas. Cena bonita de assistir, iluminada com tons de vermelho e verde dos pinheiros e das maçãs, com pequeninos adereços de ouro. Bruno a puxa para si com um toque de dedos que ela conhece bem. Flores, frutas e tambor. Tudo faz um ritmo só, o do fogo. Com cheiro de madeira arcaica. De mundo antigo. Os casais também desenham um grande corpo que vai e vem com o gosto da harpa. O ar tem cheiro de mel. É uma beleza. Os dentes tortos dos convidados rindo e rindo.

Ela olha os olhos de Bruno atrás da máscara. Peixes pretos. Macios e molhados. Deslizando nas águas do ar. O movimento vai sendo assim, perfeito. Sem amarras entre os dois. Do outro lado da fogueira tem a estátua de uma Deusa que a tudo assiste, junto a um Deus menino. Ela olha nos olhos de Bruno e percebe que não, aquilo não é uma Brincadeira.

A deusa é uma mãe, como Nossa Senhora. E o menino pode ser o Menino Jesus. E o que os casais fazem ali é para Eles e em nome Deles, sejam Eles quem forem. É uma festa de colheita, em que se comemora o alimento da terra. Comemoram o encontro do homem e da mulher e o nascimento da vida fértil. Ela é a mãe da vida, mãe do menino semeador da terra. Os olhos de Bruno se deliciam por trás da máscara. Ele se diverte com ela. Mais do que isso, ele a adora. Adora o seu umbigo sem ramos de árvores desenhados, umbigo nascido entre os pés de laranjas e os cavalos e a vaca cega de um olho só. Umbigo que ele acha que conhece. Bruno passa o dedo ali, no cerne da sua barriga.

Ela olha pelos olhos de Bruno, para o homem que está ali debaixo. Então ela vê.

Aquilo não é uma Brincadeira, aquilo é Amor.

A Cabeça de Ovos Mexidos se mexe e solta um apito de chaleira. O sinal de fumaça avisa: o fogo passou do ponto. Um peixe vem nadando lá do fundo do lodo. Bombeado pela água do rio. Vem atravessando as pedras brancas redondas polidas. Um peixe molhado, escapulido, doído de segurar com a mão. Difícil de reter na cabeça que não se lembra. Um peixe que pode levá-la de volta ao Elo Perdido. Mas ela não sabe se quer voltar com ele. Não sabe se quer se lembrar. Um peixe de umbigo caramelo. As gotas de suor caindo no redemoinho dos pelos. Pequeninas árvores transparentes de caule negro. Debaixo da mangueira, ele dorme um sono sem sonhos.

Daniel.

Quando a paisagem de um Quebra-Cabeça está pronta, vem uma cola dentro da caixa para fixar a ponta de uma peça com o furo da outra. O Quebra-Cabeça vira um quadro para todo o sempre e vai enfeitar a parede de um apartamento que não é nosso, porque tem cortinas e janelas que não queremos possuir. Fixo onde não queremos estar. Ela se sente com os peitos gordos, talvez quatro peitos, que podem dar muito leite. As outras mulheres em volta da fogueira também têm os corpos feitos para ter bebês. São casais de ursos que irão hibernar no inverno. Bruno a olha com os olhos de peixe macio. Não esconde, não brinca. Ela puxa as crinas do cavalo amansado, cabelos pretos que um dia serão brancos, num mundo onde tudo perece. Onde não vale a pena amar. Um dia ele também iria embora, todos vão. Neste exato momento, ela percebe que é hora de partir de Londres.

13

    Antes de mais nada, é preciso raspar com a unha a primeira casquinha de ferida. Limpar o terreno do acidente. Tirar com um pano molhado a mancha do último sangue derramado. Para ter a coragem de, quem sabe um dia, olhar o machucado que ficou.

    Era sábado à tarde em Belo Horizonte. Ela e Luís se sentaram no sofá. O mesmo onde os pais dele tinham segurado pratinhos de papelão com bolo de chantilly no dia do seu aniversário. O vestido já estava em cima da cama, passado a ferro. As sandálias, separadas num canto. Ela ainda não sabia que não iria em sua festa de formatura. O fim da Faculdade de Geografia. Não sabia que a viagem pelas Antigas Civilizações do Mundo não iria acontecer. Isso foi antes de Luís dizer: hoje eu vou fazer você chorar. E, quando disse isso, logo começou a explicar. Enquanto ele explicava, ela olhava para a cópia de um quadro de um pintor famoso, com a moldura de plástico caindo na beirada. Por todos esses anos, ela não tinha reparado no quadro do apartamento não seu. Nessa parede não sua. Está me escutando? Ela olhou para ele. Mas não viu Luís. Ela se viu. Os olhos grandes, o nariz pequeno, o dente certinho com a placa metálica no fundo. Tudo era dela, era ela. Tanto que ela antecipava as ações dele, sabendo que gesto ele faria com as mãos. Qual palavra diria. A Cabeça de Ovos Mexidos adiantou uns segundos no tempo e ela via Luís como ela própria, sabendo o que ela-ele iria fazer. Uma coisa assustadora. Ela então começou a chorar, como ele tinha previsto, mas nem sequer tinha sido pelo término do namoro. Ela chorava por causa do assombro. Mesmo assim ela terminou o jogo, fazendo todas as perguntas para as quais já sabia as respostas. Não tem jeito mesmo? Não. Não gosta mais? Não gosto mais. É outra? Silêncio. É Esponja Branca? Ele ficou calado. Quando foi? Como foi? Desde quando? Foi nessa hora que olhou Luís e voltou a ver Luís mesmo. E por isso entrou em desespero. Esqueceu-se de si. Perdeu-se no vácuo. Se ele não era ela, então iria mesmo embora. Luís era o tronco de madeira em que ela se segurava. Para não cair no buraco negro. Para não tombar no escuro e se perder no fim de tudo, o fundo que esmaga todas as coisas. Para não cair no Elo Perdido. Ele era um curativo sobre o rombo que ficou no peito, o meridiano que dividia o Dia do Antes do Dia do Depois. E não podia partir. Nunca nessa vida. Mas Luís se levantou, fechou a porta e foi-se embora. Para a sua festa de formatura. Beber com os amigos, depois comer quibe com Esponja Branca e tomar cerveja no copo lagoinha.

Sem a companhia dela, num boteco do Mercado Central.

Então ela se deitou no chão sobre os tacos de madeira com grãos de arroz nas frestas. O maxilar caído ali, naquela madeira não sua do taco não seu. Deixou-se ficar por horas. Depois se levantou, foi para o tanque lavar roupa. Lavou toda a roupa que tinha, até de madrugada. Esfregou. Fez faxina. Arrumou a casa inteira. Varreu. Passou pano. Até a moldura de plástico caindo do quadro ela ajeitou. Amanheceu e, como a dor ainda não tinha passado, ela abriu a porta da rua e saiu correndo.

Chovia canivetes.

Correu por toda a avenida João Pinheiro, atravessou a Praça da Liberdade, desceu a Cristóvão Colombo, até chegar na avenida Nossa Senhora do Carmo. Parou na igreja de mesmo nome. Ajoelhou-se no chão para rezar e a dor passar, mas o joelho ardia, a dor ficava. Também não se lembrava de como rezar. Lembrava-se apenas da farpa arrancada na porta do banheiro, quando se ajoelhou no chão da Fazenda em Fiandeiras. Para rezar, rogar, implorar.

Para pedir uma última vez. E nada aconteceu. Então se levantou e saiu da igreja e, como não houvesse mais nenhum lugar do mundo onde pudesse ir, voltou a correr e a correr, subindo subindo, na curva do Ponteio, os carros passavam bem próximos *zuuum*, qualquer passo em falso e seria o fatal. Mas não foi ainda dessa vez. Não foi aí que ela morreu. Na altura do Belvedere, voltou a caminhar, um pé depois do outro, o pulmão ardendo com as socadas do ar. As árvores mais altas pingavam gotas grossas, era até bonito, mas os carros passavam rápido e não sabiam disso. Correu até o entardecer, parou num bar do Alphaville e comprou uma coxinha de frango. Engoliu um pedaço em seco. Tossiu. Não conseguiu comer. Foi para a beira da Lagoa dos Ingleses, ainda chovia. Deitou-se num banco para dormir, sem saber que pessoas expulsas de si mesmas nunca mais dormem. Nem comem. Então retornou para a estrada. Caminhou mais um pouco, voltou a correr e assim foi a noite toda. Chovendo e não chovendo. Correndo e não correndo. A água desabava quando ela percebeu que estava a caminho de Fiandeiras, da fazenda, da piscina e da cerâmica portuguesa. Era para lá que estava indo.

Foi mais ou menos nessa hora que o caminhão passou e a atropelou.

Pois é.

A vida tem caminhões.

14

De resto, ficou o rosto do velho que a salvou no mato. Disso ela se lembra bem. As barbas compridas, a cara suja, uma capa de lona preta e muito silêncio nos olhos, na maneira de colocar a água para ferver, de se sentar e olhar lá para fora, na maneira de cortar as bananas. Ele fechou o corte da sua cabeça, colocou uma tala em seu braço, cuidou dos ferimentos do corpo. Só depois de muito tempo ela recordou que tinha se arrastado até a porta da casa do velho, no meio do mato sob a chuva, não durma, ela repetia a frase de algum filme, ou do acidente de alguém, não durma, mas chegou a hora em que não pôde mais. Sua pele tinha feridas abertas que o mato pinicava, sentia sono, muito sono, a chuva escorria do cabelo, esfriava o corpo, um formigamento subia pelas pernas. Avistou o casebre bem perto, mas não andou até lá. Foi dormir só um pouquinho. E se enrolou numas folhas de bananeira. O velho derramava uma bebida quente em sua boca. Escuro. O velho amarrava algo em sua cabeça. Escuro. O velho passava um pano molhado pelo seu corpo. Sentia um forte cheiro de flores.

A recuperação foi lenta.

Da casa do velho ao hospital, pode ser que anos tenham se passado. Quem sabe meses ou alguns dias. Foi nessa época que se esqueceu de si. E de sua própria história. À medida que recuperava os movimentos, ajudava o velho a cortar bananas, a colher milho, alface, cenoura, beterraba. Ajudava-o a cozinhar e ajudava-se a comer. Por causa do acidente, desenvolveu uma incontinência urinária e usava fraldas de pano improvisadas, que ela mesma lavava à mão todas as manhãs. Foi numa dessas manhãs, com a barriga molhada no tanque, que se lembrou de Luís. Iam para uma festa naquela noite. Pode ser que fosse a festa de um casamento, quem sabe o casamento deles. Mas não se lembrava de estar feliz, o que seria o caso. Lembrou-se também do caminhão que passou e a derrubou. Talvez ele nem sequer tenha encostado nela, talvez ela própria tenha se jogado no mato para sair da frente do caminhão, mas não sabe ao certo. Lembra-se apenas dos faróis na chuva. Naquela madrugada, enquanto se arrastava no meio das folhas, ela não podia sentir os braços nem as pernas, mas a língua encostou nos dentes e estava quente por causa do sangue. Foi nessa hora que Luís fez mais falta. Quando percebeu a própria língua com gosto de ferro, a ausência se cravou vermelha no peito, e ela sentiu dor para respirar. O sabor de um sentimento ruim. E é muito triste quando se descobre que um amor perdido dói mais do que atropelamento de caminhão.

15

O pássaro que pia puro. Um canto que nem flauta doce. Talvez ela nunca tenha sabido de fato o nome desse passarinho. Ele nem sequer pia sempre, só uma vez por ano. As Enciclopédias diziam que os pássaros das Antigas Civilizações são os mesmos pássaros de hoje. Para os astecas, foi um pássaro chamado Quetzal que inspirou o deus Quetzalcoatl, com seu peito vermelho e o rabo verde. Íbis era a ave sagrada do Egito Antigo. Ela sabia todos esses nomes, tinha decorado quando criança, acariciava suas letras. Mas não podia se lembrar do nome daquele passarinho.

Dormia um sono sem sonhos, dentro de um quarto branco com uma janela branca e um silêncio também branco. Nessa época, ela boiava num copo de leite completamente fora do tempo, talvez feito da exata substância que separa o Tempo Grande do Tempo Pequeno. Foi quando o passarinho que pia puro passou lá fora e piou. O fio do som vibrou pelo universo, entrou pela janela branca do hospital e a acordou. E fez com que ela se recordasse de algo. Uma coisa ainda sem nome, só uma sensação, um desenho num corpo neutro, um gosto no coração. Com sabor de laranjas e de cavalos. Uma travessa de lombo assado. A porta aberta para os girinos agitados na borda d'água. Uma vez por ano, o pássaro piava na mata atrás da piscina. Havia ainda mais coisas, mais lembranças nadando naquelas águas sem forma. Ela tinha acabado de acordar de uma cirurgia. E, naquele silêncio branco, preferiu não se lembrar de tudo. Amarrou algumas recordações dentro de um saco preto cheio de objetos esquecidos. Guardou embaixo das pedras brancas redondas polidas do fundo. Para que se enchessem de lodo. Para que não atormentassem nunca mais. Que um corpo recém-costurado não pode aguentar o peso. O peso que têm as memórias. Ficou somente com a superfície da piscina e os sapos, com os cavalos relinchando no pasto.

Seu corpo novo respirava como faz um hipopótamo. Uma lufada de cada vez. No mais, a cicatriz de um arranhão na cabeça e um parafuso de aço colando o osso do braço. Um pequeno totem metálico, que a acompanharia pelo resto da vida. A tilintar na porta dos bancos e nas revistas policiais, em atentados de bomba e festivais de música.

Daquele silêncio branco, a primeira pessoa que viu foi Cecília. Estava com a roupa de enfermeira, um coque louro e a mesma idade que ela. Cecília branca num quarto branco de janela branca. E o canto do pássaro que pia puro. Quis lhe perguntar se ela também tinha escutado. Quis saber o nome do passarinho. E só então percebeu que tinha perdido a fala. Não que não soubesse pronunciar as palavras. Não que estivesse com alguma lesão física. A sua garganta funcionava em perfeitas condições, obrigada, o mesmo para a sua cabeça. Tinha inclusive muito o que dizer. Desde o acidente, trazia uma percepção bem aguçada de como o universo funcionava. Um entendimento além de todos os livros que tinha lido. Maior do que o conteúdo de todas as Enciclopédias das Civilizações, e tão minucioso quanto a arte de fazer um ninho. Uma lâmpada sobre a natureza de todas as coisas tinha se acendido dentro dela. Talvez por isso mesmo a voz não saísse, por causa do sentido que excede a toda e qualquer palavra.

Mas ela própria não sabia disso.

Tudo acontecia numa consciência diferente, no limbo de uma pós-cirurgia. Em que somente os olhos piscam.

Cecília veio para cuidar dela e sorria muito com uma língua da cor diferente da boca. A gengiva fazendo um semitom. Nesses tons sinceros que têm as carnes. Ela pensou: carne. Cecília dizia palavras terminadas em inha e inho. Catou uma mosquinha que rodeava a lâmpada. O corpinho fritado nas mãozinhas macias de unhas pintadas. Com um só gesto, ela cuidou da mosca, cuidou da higiene do hospital e cuidou de Machamba.

    Cecília fechou as janelas. Ela tinha olhos que escutam e mãos que acariciam os cabelos das pessoas. Pela mão de Cecília, Machamba soube que agora estava com os cabelos mais curtos. Por causa do acidente, alguém cortou os seus cabelos. Alguém do próprio hospital. Ou talvez o velho. Não se conhecia dela parente algum. Não falava do passado, nem de família. Só se sabia desse velho que a deixou no hospital. Veio uma vez trazer bananas. Essa era a sua forma de amar, com uma penca de bananas na mão e a roupa surrada passada a ferro. O velho entendia o seu silêncio. Já Cecília gostava de falar. Quando Cecília falava, ela não respondia, mas brilhava com os olhos e sorria com os dentes. E disso Cecília gostava. De ser ouvida e de ser amada. No dia em que ela conseguiu mexer o braço, puxou Cecília para si e a beijou. Na boca. Um beijo de língua. Que foi retribuído. Quando ela beijou, veio o depois do beijo. E, sentindo a falta, ela se lembrou. Foi aí que percebeu que sempre precisaria se agarrar em algo para não afogar. Num beijo, numa fruta, nas próprias pernas. Quando trouxeram chocolate, ela comeu com todas as bocas que tinha. Para não despencar. Para não cair de novo. Nunca mais nessa vida o Elo Perdido. No mais, ela respirava e não dava trabalho. Sem gritos e sem espasmos. Fazia as coisas que pacientes fazem em hospitais. Fisioterapia, banho e refeição. E, de vez em quando, beijava a boca de Cecília de cor diferente da língua. Havia outras meninas no hospital. Tentou beijar uma Dalva, certa vez. Que passou por ali com uma crise de apendicite.

    À noite, Cecília fazia plantão. Quando tudo ao redor se acalmava, vinha para o seu quarto e se deitava na cama com ela. Em forma de concha. Num estado em que um corpo e um chocolate eram a mesma coisa. Ela beijava Cecília porque o seu beijo era o melhor estímulo que havia. Mas tudo que existia se resumia somente ao agora. Por isso, quando recebeu alta do hospital, pegou seu passaporte e foi-se embora para Londres. Sem olhar para trás. Sozinha, sem Luís e sem ninguém. Ela chorou por Luís e agora fez Cecília chorar. Isso por causa do jeito de ser das coisas, a vida funcionando sempre assim, em séries de ação e reação.

1b

Hoje é o dia em que cada folha de grama tem uma carga maior de gelo sobre as costas. As árvores foram amputadas na linha do horizonte. Não há roupa que segure, nem há flor que tenha cheiro. Machamba tirou as luvas grossas para pegar moedas e agora tem um corte de frio nos dedos. Moedas para a Senhora Lewis, a mendiga que fica ao lado do café. Ontem foi seu último dia de trabalho no café dos advogados de Hong Kong. Passou o inverno quase todo vestida de garçonete, dobrando turno e juntando dinheiro. Agora se despede de Londres sentada num banco do Hyde Park, com a Cabeça de Ovos Mexidos e a garrafa do terraforte. Preparou pela manhã na cozinha, na casa da Senhora Galesa. Ela não bebe, mas hoje vai beber. Talvez ela sempre tenha bebido. Talvez não haja sentido em se definir nada, quando se bebe ou não, quando se fuma ou não, onde se mora, se é homem ou se é mulher. Talvez gente que nem ela nem sequer exista. Pode ser que seja invisível. Ela toma a bebida na garrafa térmica e percebe que existe sim, porque a garganta esquenta.

Mas o resto não.

Nem sempre é fácil esquecer. Nem sempre é fácil ser só. Talvez, nesse momento, tudo que ela queira seja se pendurar num cabide, num casaco do vestíbulo do café. E ser levada pelo ombro de um advogado de Hong Kong. E dormir um sono sem sonhos. Há muito tempo ela não descansa. O pino do braço incomoda ainda mais no inverno. Machamba toma o terraforte para se aquecer e olha para o gramado. O gelo protege a terra que dorme.

Um rapaz da Líbia se aproxima, diz que ela é bonita. O rapaz tem um dente de ouro na boca. Ela olha a gengiva dele enquanto ele puxa assunto. Enquanto ele pensa que ela não fala inglês. Enquanto ele acha que ela é muda. Enquanto ela mesma acha que jamais dirá de novo algo que realmente importe. Por isso, não vale a pena dizer *hi* nem *bye*, aconteça o que acontecer, a mudança é inevitável, nem mesmo vale voltar ao museu por uma última vez. Ela já aprendeu a lição, a sala é a última, e ponto final.

 O rapaz se vai como veio. Ninguém anda pelo parque, nesse tempo muito pequeno do dia, entre o quando amanhece e o quando anoitece. Na escuridão maior da noite, todos se trancam nos quartos. A Senhora Galesa continua a clicar no computador da sala, a buscar seus filhos que já se foram. As Quenianas continuam a estudar, com famílias vivendo longe e trabalhos sem muitos amores. Morando muitas no mesmo quarto, lendo livros nas mesas, caídos nas camas. Livros nas malas sempre querendo voltar para casa, para a África. Bruno continua em seu apartamento do Banco Imobiliário, com uma persiana que talvez ele queira dividir com ela. A persiana azul, para proteger do mundo aqui de fora. Onde faz frio, muito frio mesmo.

 Machamba enfia a mão no bolso e pega o telefone. Ela, um pacote morno dentro de um casaco, segura um objeto metálico entre os dedos de couro. O vapor de gelo sai da sua boca enquanto ela olha para o horizonte, para as árvores decapitadas do parque. Digita o número. Pode ser que queira falar. Pode ser que queira muito falar. Pode ser que falar seja a sua única esperança, um corredor depois da última sala, um corredor nunca dantes visto que leva a uma outra sala com jardins e ipês e bouganvilles, e mais tantas outras portas e tantas outras clarezas. A onda do telefone atravessa o oceano. Passa pelas correntes circulares da navegação do Atlântico, pela arrebentação, a onda encontra a terra, atravessa estradas e montanhas, a onda se choca com as bolas laranja dos fios elétricos na estrada. Antes de entrar numa casa.

Num aparelho. Antes de ela ouvir uma voz:

— Alô.

O mundo tem muitas praças com muitos bancos, e muitas pessoas sentadas neles com telefones nas mãos. No Tempo Grande não havia os telefones. Mas as saudades sim. Sempre houve pessoas sentadas nos bancos das praças com saudades nas mãos. Com mudanças inevitáveis entre os dedos. Com restos de gosto nas línguas. E são muitas delas. Pessoas nos bancos das praças. Ela desliga o telefone. Não pode sofrer. Não pode nunca mais se lembrar. Que mil Luíses partam e que mil Esponjas Brancas beijem suas bocas, mas que ela nunca nessa vida se lembre dele, e do que aconteceu com ele no dia do Elo Perdido.

Porque senão...

Senão...

17

— Me dá sua mão, vem!

Escandinávia, Anatólia, Mesopotâmia, Esparta, Babilônia, Constantinopla. Não sabia se gostava mais das imagens das Enciclopédias ou das histórias que elas narravam. Coleciona até hoje cada nome com carinho, cuida deles, amaciados, protegidos num plástico bolha, perto e quente do lugar onde morava o seu coração. Ela lhe contava sobre As Sete Partidas do Mundo. Que a Fazenda em Fiandeiras nem sequer aparecia no mapa, ficava no meio de um vale, escondida num grotão de terra. Ele escutava enquanto ela falava e falava. Depois dormia um sono sem sonhos. Na beira do rio que era deles. As pedras d'água que eram suas.

Essas são as coisas que moram num saco preto com objetos esquecidos sob as pedras brancas redondas polidas do fundo. E por lá devem ficar. Antes que essas lembranças se abram e atravessem a água verde da piscina, peguem carona num raio de sol e borbulhem na superfície, antes que virem objeto claro estatelado fervente, Machamba vai embora de Londres. Assobiando para si mesma. Disfarçando. Sem mais o tronco com Luís e Esponja Branca para se apoiar. Durante o inverno, as árvores foram queimadas nas lareiras das casas. Não há mais galhos para se pendurar. As desculpas não existem mais. Luís e Esponja Branca ainda moram no mundo lá de fora, no Brasil. Onde existem como gente de verdade, bebendo cerveja em copo lagoinha e comendo quibe. Ela viajará sozinha pelas Antigas Civilizações do Mundo. E ponto final.

Na esteira que dá entrada ao aeroporto, tem gente que vem, tem gente que vai. O turista chega devagar, o londrino parte com pressa. O Tempo Pequeno vai se espremendo dentro das células das pessoas nas grandes cidades, soprando em seus ouvidos, rápido rápido, poluindo e apertando. Mas as pessoas não sabem disso.

Não sabem disso os advogados de Hong Kong.

Mesmo que tudo passe e mesmo que tudo pereça, as pessoas continuam a correr, talvez por ficarem tontas que nem barata depois que aquilo que é amado vai embora. Talvez só corram pelo saguão do Heathrow Airport porque acreditam que ainda podem reter alguma coisa consigo. Ela compra uma passagem para Atenas. Vai em direção ao antigo sonho das Enciclopédias, que sonhava junto com Luís, mas Luís não é mais, agora é só ela e ela quer encontrar aquilo que sempre quis. Mas o que mesmo ela sempre quis? Não consegue escutar a resposta. Gente que nem ela não faz barulho. Gente assim tem bombas silenciosas guardadas dentro de si, boiando no fel do estômago. Por isso não pega o metrô. Para não descobrirem nunca a bomba que ela carrega, que nem uma terrorista, desde o Dia do Depois. Quando foi para o apartamento não seu, com aquelas janelas que não eram suas, nessa vida com começo e fim não programados. Veste apenas uma calça, uma blusa, luvas e o casaco de frio. E o par de tênis novos. Deixa a Senhora Galesa para trás, deixa as Quenianas, Bruno e sua persiana, ela deixa para trás as botas de salto alto, o corselete, o chicote de Barcelona. Deixa tudo que já teve um dia e não leva nada consigo, só o passaporte, que é uma ficha para brincar no mundo dos aviões, junto com o cartão do banco. E uma conta que ficou cheia com a brincadeira enfadonha de garçonete servindo café para os advogados de Hong Kong. Com frequência, as coisas legais esvaziam as contas e as chatas enchem. Sempre acontece. Machamba está no embarque e o telefone vibra no bolso do casaco. Mais uma mensagem de Bruno. *¿Dónde Estás?* Ela não quer dizer. Nem sequer poderia, pois não saberia a resposta. Não sabe onde ela mesma se encontra agora, há muito tempo seu coração caiu num pasto qualquer e por lá ficou, chafurdado na lama em meio aos cascos dos cavalos, e agora não há mais nada mesmo que ela possa fazer, a não ser se levantar e procurá-lo lá de cima, dentro de um voo para a Grécia.

18

No dia em que chegou a Londres, a neblina também cobria tudo. Sentada com a testa encostada na janela de um voo para Atenas, ela se lembra bem daquele dia, quando veio do acidente para a capital inglesa, e o avião não podia pousar por causa da manta que o mau tempo fazia. O voo ficou rodando e rodando, só as antenas dos prédios mais altos da City furavam o edredom de nuvens cinza. A correria da cidade acontecia debaixo desses carneiros de lã farta, que se juntam e cobrem tudo, o bom e o ruim, o passado, o futuro, o trabalho e a pressa das pessoas. Daquela vez, ela ainda não tinha notado que os corações também desaparecem debaixo dessas nuvens, caídos numa esquina qualquer. Isso que gostaria de explicar a Bruno, se tivesse palavras para dizer. Que o coração dela caiu no nevoeiro, no Dia do Antes, depois de arrancado do peito com Unhas Fumegantes. E por isso não conseguia mais amar ninguém. Seu coração estava desaparecido lá embaixo, coberto por aquelas ovelhas almofadadas.

Uma vez também houve ovelhas na fazenda.

Mas o pai achou que não deu certo, que ovelha era prejuízo. Isso foi na época das grandes chuvas, quando as águas despencavam e molhavam suas lãs, elas subiam a colina do pasto para se amontoarem debaixo da única árvore que havia. A chuva desabando no horizonte azulado, sobre outras fazendas nos vales sem-fim das montanhas. Fazendas com outras piscinas.

Um dia, um raio fulminou uma ovelha. Clarões brancos no céu branco sobre ovelhas brancas, como no dia do hospital. Muitas ovelhas para uma árvore só, apenas uma proteção, a ovelha ficou de fora. Nesse dia, as gotas grossas arrancaram parte das telhas da casa. Para o sapo amarelo, debaixo do lodo da piscina, a tempestade não devia ser lá muita coisa. Talvez só o barulho na superfície. Mas, para o mundo de fora, havia o vendaval e o estrondo dos trovões. Joana fechou as janelas assim que sentiu o cheiro da chuva no mato. Com seus dedos negros com nós. Centopeias descascadas e gastas, com uma tira de aliança numa delas. Quando caíam as grandes chuvas, Joana vestia um casaco bege sobre o vestido estampado e a meia-calça. Por causa das varizes, ela usava uma meia branca que deixava a sua perna cor de grafite. E cortava a cenoura para o ensopado, e usava galochas pretas, carregando capim para a comida dos cavalos, ajudando João pela estrada do capinzal. Naquela tarde, foi João quem contou sobre a ovelha. Do raio que a fulminou. E da gota grossa de sangue que voou de seu ouvido e caiu na lã de uma outra ovelha. O animal morto, estatelado na colina, e as outras ovelhas continuando a se proteger, muitas sob a mesma árvore, até que a chuva parasse.

Ele também ouviu quando João contou.

Naquela hora, desenhavam juntos na mesa da varanda. O chão estava ensopado e o céu se abria num azul fresco, pouco depois das nuvens desabadas. Eles seguravam lápis de cor entre os dedos, rabiscavam suas ideias de mundo. E, como nos Fascículos das Histórias Bíblicas, uma ovelha tinha sido sacrificada. Quando Jeová mandou Abraão matar seu filho Isaque, para provar a sua fé, mas depois permitiu que um carneiro morresse em seu lugar. Um animal, que por acaso se encontrava ali, atrás de um arbusto. O pai celebrou a vida de Isaque, mas o carneiro perdeu a sua e a história não tem um final feliz.

João contava sobre a ovelha fulminada, enquanto eles faziam a ponta do lápis. O vento, lavado pela chuva, soprava e levantava as cascas de madeira clara, os caracóis de lápis voando pelos ares. Os dois eram bem pequenos nessa época. Depois disso, o pai vendeu as ovelhas e passaram-se os anos.

    Assim também vão passando as nuvens de Londres. A caminho da Grécia, o céu fica azul de novo e Machamba consegue suspirar. Isso porque do avião, no alto dos ares, até o amor tem menos gravidade.

19

Ela gostava dele por causa de tantos pedacinhos. Gostava da respiração que subia e descia. Das cicatrizes de pele acordada. De gente que viveu muita coisa. Mas muita coisa assim, no meio dos bois e das vacas. Ele tinha a cicatriz de um boi que pisou no seu peito. Brincava com o boi, junto a outros meninos na estrada, quando caiu e o boi passou por cima dele, numa arrancada. E nada se partiu. Nenhuma costela se quebrou. Nem sequer um sangue derramado, no peito mais forte que existia, que aguentava o peso do mundo todo. Era nisso que acreditavam. Brincavam que ele era o Índio da Pata do Boi Prensado, na fazenda que era deles, no meio da imensidão do cerrado. Joana ficava na cozinha, enrolando almôndegas. Massa de pão de queijo e balas de mel, que a mãe dela gostava. Enquanto João passava o dia pelos pastos, tomava conta e capinava, cuidava das cercas e das colheitas. Cada canto de terra, era João quem mais conhecia. O pai dela só administrava, a renda das laranjas e das exposições, o gasto com fertilizante, o combustível, os parafusos e a construção do novo redondel. Onde o mangalarga cruzou com a égua branca. E as primas do Rio tiraram retrato.

Todos gostavam muito dos cavalos. Até mesmo a mãe. Levavam as éguas para a exposição, fazer marcha, teste de morfologia. Mediam o dorso, o pescoço, em categorias mirim, sênior e adulto. Os cavalos trotavam com a musculatura dura, trabalhada desde cedo. Voltavam para casa com troféus para a sala de televisão, e o dinheiro do leilão com a venda dos potros. Também com o prêmio dos mangalargas marchadores campeões. Além dos cavalos, foi a mãe que inventou a criação dos coelhos lá embaixo, ao lado da casa de João e Joana. Mas o coelho foi só moda, que a mãe nunca mais desceu para ver, procriavam sem parar e davam despesa, o pai mandou tudo embora para um senhor de Fiandeiras. Nas baias, os cavalos comiam capim o dia inteiro, o colonião pendurado nos narizes e o capinzal que se espalhava até os confins da fazenda, na divisa com as terras de uma outra fazenda. João colhia o capim de corte e passava pela máquina, depois alimentava as éguas, junto com o feno e a ração. Havia também o curral dos porcos, ao lado da casa velha, no início do gramadão. Onde os primos beijavam as primas do Rio de Janeiro, com saliva e gosto de lima colhida do pé. O gramadão cheirava a flor, todo margeado de hortênsias, que explodiam num espasmo, perto da água que caía lá de cima. Era esse o caminho que a água fazia: da nascente do rio, na montanha, vinha num cano rupestre até a piscina. E, da piscina de água corrente, uma queda levava a água até o tanque em meio ao pinheiral, de onde caía no poço lá embaixo, e do poço voltava para o rio.

Onde os dois nadavam escondidos.

Que a mãe não deixava ir para o mato assim, de vestido.

Ele tinha pele no braço. Como todos os braços do mundo. Mas uma pele grossa, esticada, bonita. E cheiro de suor e serragem. Corriam como únicos e menorzinhos do que tudo, brotados do mesmo grotão de terra. Brincavam de um jogo de morcegos, que ela ganhou de aniversário, de desenhar as pirâmides do Egito, os animais do Paraíso, o carneirinho ensanguentado. Andavam a cavalo até o capinzal, mas só quando João vinha junto que o pai deixava. Foi João quem contou para eles do urubu que comeu o globo ocular da vaca, que foi dormir à noite, mas acordou cega de um olho só.

Ele não podia nadar na piscina lá de cima. Então eles pulavam no tanque, e do tanque iam molhados para o poço, e do poço fugiam para o rio, onde nadavam pelados. Ela tremia de frio escondido, fingia que era uma heroína, cobra guerreira, e contava para ele tudo que lia nas Enciclopédias das Antigas Civilizações. Sobre o Calendário Maia. Os Templos dos Astecas no México. Sobre os nomes que escolhiam os Índios Navajo, e o peixe que comeu um pedaço do rei do Egito. Permaneciam atentos por causa das serpentes d'água. Com um olho aberto nas costas. Depois, voltavam para secar no sol, em meio aos pés de caquis devorados pelos passarinhos. Sem roupa, como os Índios Pataxós e Tupiniquins. Ficavam com os cabelos pingando água. E, quando escurecia, ela voltava para casa.

Cigarras e Deus germinando pelo caminho.

Até que os pelos começaram a brotar no peito. E tinha aquele short azul, que ele usava. O dente dele combinando com a boca, rindo debaixo da água. Ela começou a ter vergonha dele. No grupo escolar eles nem conversavam. Tinha agora suas próprias amigas de bebedouro. Ela o olhava jogar bola e, se ele também a olhava, sentia nojo e raiva. Um dia, na escola, ele tentou falar com ela, que fingiu não ouvir. Não sabe por que fez isso. Continuou conversando sobre outros temas e prioridades com as colegas. Temas que não eram dela.

Já não andavam mais juntos na camionete pelo capinzal. Vinham os primos e as primas do Rio de Janeiro, todos ajudavam na colheita do capim, encostando uns nos outros na boleia, enquanto ele ia sozinho, atrás, a cavalo. Ela jogava partidas de tabuleiro com as primas, na casa lá em cima. Ele consertando as cercas, lá embaixo. A mãe também não deixava sujar a roupa quando vinham as primas cariocas, tinha que ficar bonita, bem-tratada. Às vezes, quando as primas e os primos iam embora e caíam as chuvas de granizo, ele ressurgia. Sentados na mesa da cerâmica portuguesa, as portas abertas para a piscina vazia, ela dizia que era *granizo* e não *granito*. As pancadas de pedras cessavam e eles voltavam para o rio, correndo até o muro que os homens feitos de escravos deixaram, no meio do mato, atrás da nascente. Um muro construído na época em que os avós de seus avós vieram da África, trazidos para um grotão de terra em Minas Gerais. Eles afundavam as galochas no charco, as mãos penduradas nos galhos, iam explorando aquelas paragens. Ele seguia na frente, o Guerreiro da Pata do Boi Prensado, senhor comandante daqueles confins. Ela também queria um nome assim, de guerra, e ele a chamou de Machamba, que era como os seus sábios antepassados nomearam aquela terra, na antiga língua banto. Sagrada para plantar, boa de dar frutos, de criar os animais, terra que nasce e morre, mas depois renasce. Ela gostou do nome, Machamba. Parecia nome de fruta. Eles bebiam água da nascente e se sentavam nas ruínas do muro levantado pelos homens feitos de escravos, de onde viam a fazenda lá embaixo.

A mangueira está lá até hoje. Nela pendurada uma fita vermelha.

No Tempo Grande havia João e Joana, e havia Daniel.

Tudo começou sem muita explicação. Mas sim, ela agora se lembra. Houve aquele maldito motivo específico para o Elo Perdido acontecer.

PARTE 2

> *"Solvitur Ambulando:*
> *tudo se cura caminhando."*
> Provérbio Romano

AS ANTIGAS CIVILIZAÇÕES

20

Atenas, Grécia

Duas coisas a levaram até a Grécia: as pedras e as plantas. As Enciclopédias das Antigas Civilizações contavam que as plantas gregas eram as mesmas de dois mil e quinhentos anos atrás. Não as mesmas mesmas, mas os mesmos tipos de lírios e jacintos, os mesmos louros e romãs. Na Fazenda em Fiandeiras, a mangueira está lá até hoje, em meio às laranjeiras e aos cachos das acácias. Olhando pela janela do ônibus, ela não sabe mais quem está sentada ali. Agora pode ter até outro nome. Se quiser, pode raspar a cabeça e pintar de louro, nada disso importa, a única coisa que interessa nesse momento é a velocidade da autopista. Só o movimento que a salva. Quem sabe se deslocando pelo espaço não chega na exata latitude e longitude onde seu coração arrancado com Unhas Fumegantes se encontra agora? Caído embaixo das nuvens. Perdido num canto qualquer. Desce do avião, toma ônibus, táxi e metrô. Poderia andar de barco, bicicleta, bonde, o que fosse. Só para continuar em movimento, indo para não-sei-onde, para longe, para onde os sinos dobram. Correndo na direção de plantas silvestres que jamais serão alcançadas. No Dia do Antes, o sol batia forte, como sempre é durante o período das grandes chuvas. O céu azul parado fazia as folhas mais bonitas, os beijos mais compridos e o ar mais puro e limpo.

Mas a luz nunca vem sozinha.

Traz em si uma sombra, e isso os gregos antigos já sabiam.

A Atenas da Enciclopédia é muito longe, apesar de já estar em Atenas. Andará a pé o quanto for preciso, e é preciso muito. Da Fazenda em Fiandeiras até a capital da Grécia, pode ser que sejam

10.580 quilômetros, 9.000 pés de altura, um oceano, dois continentes, três países, uma escala. De si mesma até o seu próprio ser, talvez seja muito mais do que isso. Às vezes se sente bem próxima do seu coração, por um segundo. É bom quando isso acontece. Quando estava com Bruno, às vezes acontecia. Com Jostein também. E quando fazia *cooper* com Suzy Lou, a Queniana, era esse o seu nome, depois que elas corriam, no verão, descansavam na grama junto aos patos do Parque Regent's. Às vezes, descobre-se bem pertinho de si. Mas, na maioria das vezes, os planetas, as galáxias e todos os infinitos a separam do exato ponto onde ela se encontra agora. Mas não é Universo dobrável? A menor distância entre um ponto e outro é o próprio ponto. A maior também.

Desce na Praça Syntagma sobre o asfalto quente. Na Grécia, o sol da primavera já se anuncia com as flores nas janelas e os pombos por toda parte. Onde quer que se vá no mundo, lá estão eles, sempre com a mesma cor da cidade em que moram. Não saberia dizer se pombos pertencem ao Tempo Grande ou ao Tempo Pequeno. Se tranquilos ou apertados. São bichos, mas se adequam à correria assim como os casacos pretos de Londres. Atenas tem muitos pombos e muitos carros ao redor da Praça Syntagma. Entre os pombos e os carros, os turistas se aglutinam para ver a troca da guarda em frente ao Parlamento Grego. Guardas com pompons na ponta dos sapatos, saias e meias quentes realizam movimentos precisos e coreografados. Turistas do mundo inteiro, da Alemanha, da Finlândia, da China e de Macau, Oceania e América Central, tiram fotos *clic*. Ela olha os turistas que olham as meias de lá. Fica olhando para os seus bonés porque talvez quisesse ser alegre assim como eles, de máquinas no pescoço, tirando fotos de pompons nos sapatos dos guardas gregos. Jantando em restaurantes do guia, dormindo em camas de hotel padrão com lençóis brancos e persianas que jamais seriam suas, feitas justamente para não serem de ninguém, para que você não se lembre nunca de que, ontem à noite mesmo, um outro viajante esquentava aquela cama, passava os dedos naquela cortina, recordando talvez o amor de um outro alguém. Turistas alegres com roupas cáqui e casacos cheios de bolsos. Pessoas que talvez não sintam seus ossos moídos pela dor, até virarem uma pasta incolor.

O Moedor de Ossos.

Ela não pode tirar fotografias dos sapatos de pompom com seu coração arrancado do peito com Unhas Fumegantes. Não pode e nada mais lhe resta a não ser encontrá-lo perdido sob a neblina, caído em qualquer canto, com o sangue pisado, já brotando outros seres numa pasta verde-musgo, orgânico. Os corações moram no Tempo Grande. Mas ela não se lembra de como chegar lá, onde moram os anéis de Saturno e o pôr do sol nas praias distantes e as tardes nos vilarejos bem pequenos. Onde mora o tempo do broto da terra. O mapa aberto em sua mão não mostra o caminho que o tomate fez para nascer da semente, crescer e virar fruto.

Ele só vai até a rua Ermou.

Então é por ali que ela desce, pelo comércio da rua Ermou, a quantidade de mulheres comprando em lojas do Tempo Pequeno, em meio a horas, minutos, cabelos, em meio aos celulares dentro das bolsas querendo receber telefonemas. Só liguei para dizer que me lembrei de você. Todos querendo ser lembrados. Num mundo maldito cheio de buracos. Passa por uma praça onde há uma pequenina igreja de tijolos, abaixo do nível da calçada. Uma casa de Jesus Cristo de repente assim, brotada ali no centro, um templo em meio aos colares elétrons cafés. Ela tenta entrar, para quem sabe rezar, mas a porta está fechada, e Jesus só existe se a porta abrir. E os olhos se abrirem para ver o que acontece. De fora assim, são apenas tijolos. Blocos laranja de argila. Dois senhores gregos conversam no banco que contorna a igreja, olham o movimento da rua, balançam a cabeça comentando algum assunto, ela não sabe o que dizem em grego, talvez algo sobre a aposentadoria ou sobre o dia do Juízo Final. Talvez eles assoprem para as mulheres que passam, ei psiu, vocês não levarão os vestidos da rua Ermou.

Feitos dos mesmos fios que cobriam os ossos da avó, no dia em que houve a extrema-unção. Mudaram o cemitério de lugar para construir a ponte em Fiandeiras, transferiram os corpos para a colina da entrada, logo antes da praça. Pintaram os muros de branco, colocaram cruzes novas e, para ter mais espaço, tiraram os mortos mais antigos dos caixões e colocaram em caixinhas de metal. No dia da avó, o coveiro perguntou, quem quer ver? Ela foi com o pai. Havia farrapos do vestido com que ela foi enterrada, fios de tecido que ligavam o sacro e a cabeça do fêmur. O resto do que um dia foi a sua avó, empilhado numa caixinha. Todo o conteúdo tinha cara de arqueologia, em tons variados de areia. O vestido e os ossos eram da mesma cor. As mulheres da rua Ermou compram vestidos coloridos, mas no fim das contas dá na mesma, todas acabam virando sépia.

Para o estudo futuro dos paleontólogos.

E continua descendo a rua Ermou com o mapa nas mãos, o mapa que a levará à Grécia das Enciclopédias das Antigas Civilizações. Mas na direção das ruínas acaba encontrando os metais, chega na Praça Monastiraki e se assusta com o entra e sai de gente do metrô, o ferro furando a terra, os barulhos explodindo o chão e todas aquelas densidades esmagando as pessoas sentadas nos bancos. *Tim tim*, fazem os metais. *Tiiim*, responde o parafuso do seu braço. *Chi chi chi*, balança a Cabeça de Ovos Mexidos.

Entra na rua Athinas e acaba se deparando com um hotelzinho na esquina com a rua Sofokleous. Entrega para o rapaz as notas de dinheiro em troca de uma chave. Abre a porta do quarto de número oito com beliches vazias marrons, e não amarelas como as da Fazenda em Fiandeiras. O rapaz diz para ela deixar as malas na cama que escolher. Para marcar território, no caso de outras hóspedes chegarem. Mas ela não tem malas para deixar, por enquanto só tem o peso do próprio corpo. No chão há um toco de madeira que segura a porta. No chão do quarto de Jostein, quem segurava a porta era o sapato da ex-mulher. Então ela pega o toco de madeira e deixa em cima da cama. Para representá-la, caso outra garota chegue.

21

O mercado tem cheiro de peixe e verduras amassadas no chão molhado. É a época das cerejas, escuras e estaladas, tão vivas que chegam a ter dentinhos. Ela troca dinheiro por um saco de papel cheio de cerejas e segue andando. O calor se desperta aos poucos da longa hibernação do inverno e, ao meio-dia, enerva os ferros da Grécia, dilata as tubulações e os canos, desafina os fios elétricos. Machamba se espanta ao descobrir, tão perto do metrô, os restos da Biblioteca de Adriano. Entre camelôs, telefones e imigrantes, aqueles blocos são as suas primeiras ruínas.

O caminho das Enciclopédias das Antigas Civilizações! E suas páginas ao vivo, que agora caem aos pedaços, soltando grandes nacos do tempo. Ela passeia em meio às pedras, lendo as placas que contam detalhes das construções e restaurações. É preciso refazer, sobre o que se vê, a história daquilo que se lê. Imaginar a Biblioteca com seus livros e papiros, e os olhos molhados que liam ali dentro, que se foram com suas batas gregas, deixando para trás somente as pedras. Aquelas rochas de cal, quadradas, arenosas e cansadas. Talvez elas também quisessem ter partido, junto com a conversa baixinha pelos cantos, a leitura arrepiada de um trecho especial, a madeira do banco, a grafia de uma letra. Mas as pedras ficaram para assistir aos novos erros e posar para as máquinas de retrato. Machamba também se sente cansada. Faz muito tempo que não dorme, que não se apoia em travesseiros, nem em Luíses e Esponjas Brancas. As pedras talvez queiram ser apenas pedras, sem rastros de sandálias antigas, nem histórias para contar. Talvez ela também queira apenas ser.

Bem na hora em que abre o saco de cerejas, quando puxa um cabinho verde, duas mãos gregas surgem de repente, *it's not allowed to eat here* — não se pode comer nas pedras, por causa das histórias que elas contam. É nessa mesma hora que ela vê a tartaruga. Grande e antiga, em meio às ruínas. Ela caminha sustentando o casco com sua cabeça exposta frágil pelada, que ainda não foi pisoteada, ainda não ensanguentada. No tempo das visitações, que só existe por causa do tempo das pedras, acontece o tempo de uma tartaruga. Devagar, ela vai contando que é velha, mas vive ainda. *An ooold lady*. Conta que o cabo verde da cereja e ela são a mesma coisa. Faz calor na primavera da Grécia. São muitos os turistas visitando a Biblioteca de Adriano, com as tantas línguas que se falam no mundo. Mas o bom é que a tartaruga a entende, mesmo que ela não se pronuncie. "Você tem razão, nada faz mesmo muita diferença, mas olha, isso não chega a ser um motivo para se entristecer", diz a tartaruga. No meio da conversa, dois homens passam, um conta ao outro que gastou 50 euros numa réplica da Acrópole. Ele não vê e quase chuta a tartaruga, mas o outro, que escuta, vê o bicho, tira uma foto e vai embora. A tartaruga diz que é isso mesmo, que ela não passa disso, apenas uma tartaruga entrando debaixo de uma pedra. Em meio a um monte de outras pedras.

O sol da recém-chegada primavera não descansa e permanece. Ela deixa a biblioteca e segue até o Templo de Zeus, para ver as colunas que restaram de pé e ler as placas dizendo que é proibido sentar-se na grama, ou seja, não se pode relaxar no gramado, enquanto se admira o passado. Um cachorro branco e caramelo põe a língua para fora e fita o monumento sem ansiedade. Ela já teve muito medo de cachorro, antes de morrer pela primeira vez, mas agora não se importa, só observa o cachorro contar a mesma história de todos os dias, há muitos anos, a mesma que contava o seu pai, e o pai de seu pai cachorro. Ele conta que seu coração mora dentro do seu corpo de cachorro. O dela caiu no meio da neblina de uma cidade qualquer. O cachorro deitado na grama olha para o Antigo Templo. Ela, de pé, olha para as colunas de Zeus, dentro dos olhos molhados do cachorro.

Para os olhos, antes que o dia acabe.

Começa a escurecer e ela agora sai pelas ruas se esbarrando nas luzes do tráfico, escutando as buzinas do Tempo Pequeno. Sobe a Acrópole, para ver o templo da Deusa Atenas Nike, que nasceu da cabeça de Zeus, com uma lança na palma e um escudo na mão. Ela olha bem para o lugar em que falta a estátua da deusa, porque ela mesma também não está lá. Essa menina sentada, contemplando o nada, não é ela. Essa mulher de casaco, calça jeans e tênis. Essa pessoa que olha a Acrópole triste, numa fotografia em meio às ruínas, nas costas de um turista. Pega meio de lado. De rabo de cavalo. Que vai parar num porta-retrato de uma sala da China. Esse rosto de pele e nariz, com um traço no meio da testa. Isso não é ela. Um casal pede *excuse me* para ela bater uma foto. Tem um pai também na foto. Uma mãe e um irmão. A foto fica cheia de gente. Ela aperta o botão e todos sorriem ao mesmo tempo. Assustou-se por ter dedos para tirar fotos e ajudar pessoas. Está rarefeita. Não levou nada, só o peso do próprio corpo. Que pesa menos que o passaporte no bolso. Onde está seu nome e a sua identidade.

Atenas uiva lá embaixo, com os carros levando corações contados pelo tempo, que esmaga todos esses amores. Do outro lado da cidade, o sol se precipita para a noite, quando deixa os homens com medo. A trajetória do escuro, quando o Deus Sol

Hélio galopa com seus cavalos por debaixo da Terra, abandonando os homens com seus rituais, implorando para que ele volte. Para que venha de novo a vida, clara e segura. Mas as noites podem durar muito. Nem sempre os sóis voltam. Às vezes, não é celebrado o rito certo para que ele retorne.

    Escurece. Ela abre a porta do pequeno hotel. Ninguém chegou para dividir o quarto. Tira o pedaço de madeira de cima da cama e revira-se no cômodo com as duas beliches não amarelas. E afunda-se num mar de nuvens, sem mais o tronco de Luís e Esponja Branca para se apoiar. Com o coração caído no meio da neblina. As beliches sem lagartixas nas paredes para descolar. Sem rabos nas mãos, e ninguém para levar a culpa por seu vazio. Os Pretendentes na Inglaterra vão colocando persianas nas janelas. Suzy Lou talvez ainda corra com livros nas costas pelas ruas de Londres, para que o Tempo Pequeno passe bem depressa. Lá embaixo, as prostitutas vindas da África gritam para homens, que passam direto e não param seus carros na rua Sofokleous. Elas não sabem que, mesmo se eles parassem, nada nessa vida para de verdade.

22

Pessoas com quem juntamos nossa solidão por um curto período, devido a alguma razão de espaço ou de tempo. Foi assim na Grécia. Fez conjunto interseção com duas canadenses e uma australiana que conheceu no hotel da rua Sofokleous. Saíram juntas pela manhã para comprar pão e queijo. O que as uniu: o fato de serem mulheres, mulheres que acordam cedo e mulheres que comem pão e queijo. E talvez as duas canadenses e a australiana também tenham dificuldade para dormir em quartos com beliches, passando a noite enroladas em concha, entre malas jogadas pelos cantos. Com os olhos vidrados no toco de madeira do chão, e as prostitutas gritando lá embaixo para os carros da madrugada. Todas elas viajam sozinhas. Mas, agora, caminham juntas pela Praça Monastiraki. Vão fazer um passeio.

Sobem o monte Filopappos com sacos de pão na mão. E garrafas d'água para beber no mirante, olhando o azul do mar Egeu. E então acontece. Assim, sem mais nem menos. De repente, o vento muda de direção e ela começa a farejar o seu coração. Parece que ele está caído ali por perto. A brisa do céu sopra o seu próprio azul, e todo o resto é azul, e os seus passos se tornam as plantas, e tudo é feito para que aqueles pés andem sobre aquele chão naquele exato momento. As casas da vizinhança são bonitas e as meninas riem muito de uma piada qualquer. Ela então percebe que não sabe mais como rir. Mas rir mesmo, de verdade, tão de verdade que nem sequer seja preciso mostrar os dentes. Ela não entendeu a piada, talvez seja trinta anos mais velha do que as outras garotas, mesmo que tenham a mesma idade. Machamba abre a boca e mostra os caninos para ninguém reparar que ela não ri. E que não fala muito. Para ninguém fazer muitas perguntas, abrir a sua Cabeça de Ovos Mexidos e tostá-los nas pedras quentes da Grécia.

    Andam juntas com passos largos de oito pernas fortes. Em Londres havia quatro pernas, em Edgware Road, Suzy Lou e ela andavam depressa para se aquecerem antes da corrida. Encontravam-se em frente à University College London, onde a amiga queniana fazia faculdade, com uma mochila cheia de livros nas costas. Primeiro aceleravam os passos, encolhendo os braços nos rins, pareciam que iam levantar voo, até que de repente começavam a correr. A respiração saía em pacotes pela boca, elas iam em fluido, não mais falavam, e por um curto período de tempo, tudo se curva, bom se pudessem nunca mais parar, as duas, nunca mais o semáforo, corriam por Maida Vale, corriam para não pensar, corriam por Kilburn Lane, corriam para esquecer. Talvez para perdoar. Correr era o mesmo que não pertencer a um lugar nem outro, salvas pela liberdade do movimento. Traçando o Mapa do Mundo com mochilas nas costas, longe de suas famílias e de seus amores, corriam juntas em silêncio em esporte em companhia. Com os tênis batendo pelas ruas da Zona Dois, pela Abbey Road, onde os Beatles certa vez flutuaram de pés descalços na capa de um álbum, corriam até a porta de casa e às vezes continuavam, corriam para não chegar. Corriam para não ser.

    Pernas são seres que se movem depressa e chutam pedras quando os corações se machucam. Quando estes caem por desastre embaixo da neblina. Os corações das canadenses e da australiana pulam dentro de suas blusas, ninguém repara que o dela não pula. Elas chegam ao mirante do monte Filopappos. O mar Mediterrâneo se apresenta a Machamba pela primeira vez, um senhor azul, calado e educado, sem muito o que dizer ou manifestar. É um mar antigo e sofisticado. Ele descansa tranquilo sob a fina poluição que cobre a ilha de Egina. No Tempo Grande, moram os sóis se pondo nas ilhas distantes. Onde os sóis se põem é exatamente onde moram os corações. Talvez o dela arrancado com Unhas Fumegantes esteja largado ali, debaixo daquela fumaça toda que cobre a ilha de Egina. Um coração ensanguentado, tentando respirar em meio a um campo de margaridas.

Seguem as placas até o local onde dizem ter sido a prisão de Sócrates. Onde o filósofo teve seus últimos pensamentos antes de tomar a cicuta, para que seu cérebro envenenado não pensasse nunca mais nessa vida. Naquela época, as mulheres não podiam pensar, só os homens. Isso quem disse foi o pai, quando ela perguntou onde estavam as mulheres nas Enciclopédias das Antigas Civilizações. Sempre se imaginou uma mulher feliz quando visse Atenas pela primeira vez. Mesmo antes de Luís, lá na Fazenda em Fiandeiras, ela se via a visitar a cidade com cílios que piscam pensantes. Mas o chão que rui sob os seus pés e as pedras dos templos que caem e as profecias dos oráculos que deixam de existir, isso não lhe traz felicidade nenhuma. Um sonho que era tinta pura, impresso num pedaço de papel. A prisão de Sócrates é só uma pedra, um portão. Sem mulheres ou corações.

As canadenses e a australiana se divertem comendo nacos de pão. Descem o monte, atravessam todo o engarrafamento da cidade e sobem o Lykavitos, o monte do outro lado da Acrópole. Todas elas têm muitas coisas em comum, gostam de montanhas e de quilometragem. O monte requer esforço e, por vezes, o pino do braço de Machamba repuxa, mas ali a visão do Mediterrâneo é tão pura e linda que talvez seja possível ver a ilha de Egina. Ver se é possível encontrar seu coração caído ali no meio e costurá-lo no peito de novo, com linha grossa de aço.

No topo do Monte Lykavitos há uma igrejinha branca. Mas sua porta azul também está fechada. Resta somente a vista do Partenon entardecendo, contando a história da Deusa Atenas. Ela recebia os viajantes e os seus filhos que voltavam da guerra. Depois de tingirem com sangue as areias de Esparta, eles vinham descansar a cabeça no colo de Atenas, a Virgem do Olimpo. Quem sabe a Virgem Maria também pudesse abrir a igreja e colocar a cabeça de Machamba em seu colo? Mas a porta azul não se abre, todas as igrejas da Grécia têm as portas fechadas.

Do lado de fora da igreja, há mesinhas e cadeiras, onde a australiana e as canadenses comem cerejas e colocam o queijo dentro do pão. *Nhac*. As meninas são bonitas, com cabinhos verdes nas mãos. Compartilhando gargalos d'água com gotas deslizando pelo queixo. A australiana come com boca grande e saia jeans. Com a língua e os lábios em tons diferentes, como os de Cecília. E o cabelo e os olhos numa cor comestível de mel. Seus peitos duros apontam sob a blusa preta de algodão. Poderia beijá-la e, quem sabe, elas começariam uma brincadeira. Mas as três meninas descem no embalo, antes que escureça, correm correm as meninas, apostando corrida de tênis e saia, pulando três degraus ao mesmo tempo, sem medo de se esborracharem no chão. Muito mais novas do que ela, que agora deve ter uns trezentos anos de idade. E por ser assim tão antiga, e tão pouco ruidosa, ela acaba por pegar outro rumo, deixa que elas se vão, as meninas, suas risadas sumindo pelos ares. Como foi com Cecília. Com as Quenianas e Suzy Lou. Pessoas a cores que se vão, e ela nem sequer se despede, apenas abre o mapa e continua a sua viagem.

23

Na verdade, foram três coisas que a levaram até a Grécia: as pedras, as plantas e os peitos. Foi para Atenas conhecer os bustos das estátuas das Antigas Civilizações. Agora está no marco zero da cidade, a Ágora, onde reinavam as estátuas dos doze deuses do Olimpo. Ali também havia um pedestal vazio para o deus desconhecido, sobre o qual São Paulo disse: é esse o Deus de quem vos falo. As estátuas que lá restaram têm até hoje a curva perfeita embaixo dos seios, as vestes caídas do umbigo, os deuses de dorso nu com os músculos aparecendo e as veias dos braços saltando. Como os Pretendentes, com aqueles ossos para apalpar, sustentando as carnes que um dia se vão, mas quando as carnes estão no corpo e se encostam nas pequenezas dos encontros, no quente e no molhado do outro, é o ponto máximo da criação. Veja bem: da existência, não. Esse é o Tempo Grande na polpa de qualquer estrela, qualquer broto de feijão, a inteligência arrepiada de uma célula que diz: sim. O Tempo Grande é uma teta gigantesca cheia de leite. Uma doação para todo o sempre. As Deusas, que lindas elas são, Ártemis, Deméter, Hera e Atenas. Afrodite com os seios de fora, a estátua nua em meio à antiga praça, onde as mulheres atenienses usavam sandálias com letras em alto relevo na sola, deixando o convite escrito para os homens no chão de areia: siga-me. As Deusas petrificadas no museu da Ágora ainda têm os peitos cheios de leite. Deméter, a mãe da Natureza, ainda derrama néctar dos peitos sob a veste de mármore. Peitos redondos e energizados, e todos os peitos encostados no peito maior que é o universo. Cheio do nada ideal. O nada confortável do Tempo Grande.

A guarda não está olhando.

Machamba então fica bolinando os peitos das estátuas gregas. Com mãos que servem para isso mesmo, pegar na vida das coisas. Por isso segue pelo Tempo Pequeno de mãos vazias, sem mochila nas costas, bagagem e nada, só com uma queda inteira dentro do próprio peito. Niagara Falls. Olhando para deusas com os peitos cheios de leite guardado dentro das pedras geladas do mármore. Se as pessoas tirarem com seringas gigantes todo aquele estoque, acaba-se a fome de vez. Nem sacos de pão ela leva nas mãos. Já as ruínas levam sempre consigo uns cachorros pendurados. Os cães zanzam pelas ruas da Ágora. A antiga praça tem pilastras frisadas em cima, mas lisas embaixo, porque os homens que ali ficavam, os pacotes mornos que são os homens, homens que eram filósofos, se encostavam nas pilastras para conversar sobre a vida, quem sou eu, de onde vim, para onde vou. Imaginou Sócrates, o filho do sapateiro, apoiado ali batendo papo, antes de ser preso por pensar demais com sua Cabeça de Ovos Filosóficos. O que foi mesmo que Sócrates disse antes de morrer?

— Devo um galo a Asclépio.

Foi isso o que ele disse a um amigo, antes de ser envenenado pela cicuta. Pediu que pagasse uma dívida sua. E o pai dela? Lá na Fazenda em Fiandeiras. No dia do Elo Perdido. O que foi mesmo que ele disse antes de:

24

Mar Mediterrâneo

Debaixo do mar há muitos peixes que não são vistos e, no barco, muitos homens que passam esbarrando, concentrados. O casco bate na água deixando espuma. Um argentino a vê olhar o mar. Edgar. Poderia levá-lo para o banheiro e masturbá-lo para a viagem passar mais depressa. São as coisas rápidas e fáceis. Há também um homem na cadeira de rodas. Ele tem alguma paralisia que o deixa sempre sorridente. Ela o olha e sorri também, depois fica sabendo que ele a perseguiu por todo o barco só por causa desse sorriso. Foi ele mesmo quem contou. Encontrou-a no convés e perguntou se podia conhecê-la. Com a blusa azul da Seleção da Itália e a voz alterada. Ela também poderia levá-lo para o banheiro e retribuir o sorriso, fazê-lo de forma bem simples o homem mais feliz do mundo dos que perambulam pelo barco. Mas os olhos dele estão querendo muito. Bem além da conta, passando do tom. Escancarados. Ela não sabe por quê, nem como, só não quer mais contribuir para o desejo de ninguém. Quer dormir um sono sem sonhos. Longe da iminência de algo. Longe de um último espasmo. De gozos que levam no máximo a mão para se limpar no guardanapo. Ela deixa o moço com os olhos pendurados em si mesmo. Sem mais sorrir com a sua paralisia facial. O homem apenas vislumbrava uma chance de felicidade. E fica agora com aquele rosto de adulto, olhando o mar. Rosto de gente que deixa de querer e começa a pensar.

Machamba caminha até um ponto vazio do convés. O mar bate no casco do barco. Todos os troncos em que ela se apoiou um dia se dissolvem na água. Afundam e são triturados pelos tubarões, e seus milhares de pedaços se enroscam nas anêmonas, contribuindo para os corais do fundo. Aquela festa do devorar. A Cabeça de Ovos Mexidos está calma. Parada com ondas marolas marolinhas. Mas, naquele fundo azul e sossegado, ela observa a iminência de algo. A chegada de um sussurro. Como no dia do hospital, a janela branca no quarto branco com o pio puro do pássaro. Uma percepção entre dois pontos, um antes e um depois, eleito pela história dos fatos.

Algo vai acontecer.

Por enquanto, tudo o que ela quer é apenas dormir o seu sono. Quando os ossos não são moídos. Quando não se é o presunto do Misto Quente com alguém e nem coisa nenhuma nessa vida. Quando nada se encaixa na peça do nosso Quebra-Cabeça. Tudo o que ela quer é nadar no leite que sai da teta do universo. Boiar e esquecer para todo o sempre. Ela se deita no convés e fecha os olhos. Está a caminho de Éfeso, na Turquia, antes vai parar na ilha de Samos, para trocar de barco, e assim trocar de país. Em Samos nasceu Pitágoras. De frente para aquele mar. Talvez ali tenha sido germinada a primeira ideia do teorema dos catetos e da hipotenusa. Debaixo daquelas estrelas, talvez ele tenha escutado pela primeira vez a Música das Esferas pelo Universo. Os planetas e os astros e as galáxias girando numa harmonia sem fim, dentre eles a Terra, um pequeno ponto azul, a dançar e a soar a mesma nota sonante de toda a criação.

Uma bola de água por fora, feita por dentro de fogo.

Flutuando sobre o nada. Ela deitada no barco é somente um mínimo acontecimento de um pontinho a girar pelo universo. A tocar o silêncio abismal que faz o infinito...

Machamba acorda de repente.

O mar calmo à sua frente.

Apenas o som do barco navega pelo ar. Mas uma pancada a faz abrir os olhos. Ela se assusta e olha em volta. Ninguém.

Nenhum ser vivo para agredir ou ser agredido, mas ela se sente espancada, com dores no corpo. Tudo no horizonte é tranquilo, só a dor da batida retumba pelo peito. Seu rosto fica espantado, e um suor viscoso começa a descer pelo sutiã. O lugar onde antes havia o coração dispara, ela sente a dor da gastrite. Levanta-se e encosta a testa na barra de ferro do convés. O mar balança entre os canos brancos da grade, ela sacode a cabeça com enjoo, tenta disfarçar cantarolando. Um som qualquer, qualquer música, mas não se lembra de nenhuma, algo na garganta está engatilhado.

Ele vem vindo pelas águas calmas. Blefando o silêncio, deixando espumas para trás. Ele pula no peito e se abate ali como um peixe. Sem mais nem menos, ele chega. Parece se tratar de um coração, mas não. É o ódio puro que a invade. Ácido, jorrando adrenalina. É isso que está disparando no meio do peito. Com tanto sangue que pode até matar, fazer mal às pessoas, machucar alguém ali do barco, decepar órgãos, esmurrar até cair, enfiar facas e arrancar outros corações com Unhas Fumegantes. De repente surge na garganta esse visco, uma abominação, e a vontade de que as esferas do Pitágoras se choquem umas com as outras e que tudo se exploda, acabe de uma vez, e as arestas dos catetos e das hipotenusas desabem sobre as cabeças dos homens e matem todo mundo. Ela sabe muito bem o que vai fazer em Éfeso. No caminho das Enciclopédias Antigas, ela sabe bem para onde está indo. Ele estudava no mesmo grupo em Fiandeiras, mas ela não lhe dava atenção. Só na tarde escondida, só nos confins da fazenda, ela dava atenção para o filho de João. O ódio vem aos gorgulhões pelo mar para invadir o convés do barco. Ondas gigantes para destruir os homens na terra. O que mais dói, de tudo, o que mais dói é esse maldito short virado do avesso. Nem a esperaram trocar de roupa.

25

Só aconteceu uma vez, quando trabalhava num edifício próximo a Picadilly Circus. Tinha acabado de chegar em Londres. Foi chamada pela agência de garçonete para servir cafés e biscoitos nas salas dos executivos em reunião. Entrava quinze minutos antes e deixava tudo pronto, os chás e *petits-fours* no ponto, mas dessa vez o executivo italiano já estava lá. *Where are you from?* Ela, educada, respondeu. O homem romano gostou ah, Brasssilll, e o *sss* do Brasil dele tinha toda a malícia possível, com a certeza absoluta de que todas as mulheres brasileiras só podiam ser prostitutas. Ela deixou o chá na bancada e já ia sair com o *trolly* quando um pé barrou a roda do carrinho. Por que ir tão cedo? Eram quinze para cinco. Ele ficou puxando assunto. Depois fechou a porta. Ela poderia pedir *excuse me* e sair da frente, poderia dar um escândalo ou bater tanto, espancar o homem até ele virar uma massa de gosma e sangue. Por não ter sido bem tratada. Não ter merecido respeito por seu parafuso no braço, e nem pelas lembranças da infância que trazia consigo. Mas o que ela fez foi ficar ali, parada e sem graça, respondendo com sim e não às perguntas do tarado. Palavras que saíam dela, mas não eram ela. Apenas palavras vis para um homem vil, num mundo onde o mínimo que se pede é o respeito pelo espaço do próprio corpo. Enquanto ele falava, da altura do seu pequeno poder, pegou a mão dela e esfregou no próprio membro. Ela tirou a mão e se virou para abrir a porta. Ele então riu da sua cara, e enfiou uma grossa gorjeta na sua saia.

E seguiu para a sua reunião de executivos, como se nada tivesse acontecido. Ela poderia tê-lo matado. Mas o que fez foi ir ao banheiro e lavar as mãos, enxugar com papel toalha, e quando o expediente acabou levou as notas de dinheiro para jogar no rio Tâmisa. Acabou dando tudo para uma moradora de rua que se chamava Sara, ou Sarala. Uma dos que tinham mania dela. Sempre na estação do metrô, na beira do rio, no banco de um parque, os mendigos puxavam papo com ela. Procedentes da guerra, de longe ou de lugar nenhum, brotados ali em Londres, eles mostravam as suas carteiras de identidade. Medalhinhas e fotos. Marcas de bala ou santinhos. Sempre com dentes podres, solidão e muito bafo. Um deles certa vez contou que, há quatro mil anos no Egito, os homens perdiam suas pernas com as picadas de mosquitos. Eles carregavam pedras e por isso não podiam se coçar. Começaram então a comer alho e cebola, e a praga parou. Ele próprio comia cebola todos os dias. Disse que era um homem forte e mostrou o braço. Os mendigos tinham cachorros, livros e gostavam muito de apertar a mão. Gostavam de contar histórias. Falavam também do Big Bang, que Adão e Eva não foram os primeiros homens do mundo, que antes deles veio o *Homo Sapiens*. Ela sempre escutava e eles a chamavam de *sweet* e meiga.

No dia em que deu as libras esterlinas para Sara, ou Sarala, ela tinha saído cedo de casa com a saia de garçonete virada do avesso. Quando viu que o selinho apontava para fora, afogou-se em si mesma. De vergonha e de pavor. De tristeza por causa das memórias. A mangueira está lá até hoje. Nem a esperaram virar o short. A saia de garçonete também do avesso, ela teve que segurar as própria pernas para continuar trabalhando. Numa tarde interminável do Tempo Pequeno. Num mundo com ambulâncias que não chegam, amores que partem e shorts virados ao contrário sem tempo de serem arrumados. Um mundo que nos diz quem e como deve ser amado. Ela esfregou as mãos na saia preta de memórias, num mundo sem respeito pelos corações, e por isso mesmo eles tombam do peito. Talvez antes daqueles minutos com o italiano, uma graça poderia ter soprado, em vez do chá com *petits-fours*, ela poderia ter tomado outro rumo, ter ido ao banheiro e virado a saia de lado. Mas nenhuma graça soprou. Os olhos continuavam fechados.

2b

Éfeso, Turquia

Escolhe um cajado dentre os melhores galhos que encontrou. Agora tem três mil anos de idade e uma arma na mão. Vai tirar satisfação. Ah sim, vai lá em cima perguntar por que ela não fez nada. Por que ficou com os olhos estatelados no ar. Vai brandir seu cajado pelos céus e perguntar por que o *strike* do boliche foi acontecer. E derrubar cada um para um lado, cada um para um sentido das coisas, deixando ela assim, vagando no Tempo Pequeno e confuso. Tomando decisões imperfeitas. Ela sabe bem o que veio fazer em Éfeso. Veio para ir até a casa da Virgem Maria. Veio perguntar o que foi que ela fez para merecer tanto silêncio e dois abismos tristes no lugar dos olhos.

O sol espanca os miolos e ela enrola na cabeça a pashmina que comprou. As pessoas de tênis fazem *cooper* pelo caminho de Éfeso, mas ela segue no sentido contrário, de véu e cajado. Ali era o centro da Ásia Menor, a maior cidade da Antiguidade, dedicada à Deusa Ártemis, a Diana de arco e flecha dos Romanos. Mas hoje é com a Virgem Maria que ela vai falar.

Hoje não lhe interessam as ruínas, com suas privadas romanas. Nem a Biblioteca de Celso, tanto faz o Odeon e a rua dos Curates, que ela tanto viu nas Enciclopédias. Hoje não quer ir conhecer o teatro onde pregou, certa vez, o apóstolo João, para os pagãos da cidade, quando vinha da Cananeia, trazendo consigo a Virgem Maria, e cumprindo assim a vontade de Jesus, que, antes de ser crucificado, determinou que Maria se tornasse mãe de João e este filho de Maria. Hoje ela não quer ver o teatro. Hoje só quer saber de saber. De saber e chorar.

Atravessa batido os túmulos das ruínas e sobe a colina de Éfeso, em direção à casa da Virgem. Talvez por aquele mesmo caminho tenha passado Maria, em cima de um burro, olhando o mar Egeu lá embaixo. No século XIX, uma jovem alemã em êxtase espiritual viu o lugar preciso da última morada da Virgem, mesmo sem nunca lá ter ido. Publicou a experiência num livro e, depois de um século, um grupo de sacerdotes encontrou o exato local descrito. Ali, sobre as ruínas encontradas, foi reconstruída a casa de Maria, que recebe turistas do mundo todo e a missa dos papas.

Já no início da subida, uma Virgem de bronze e braços abertos abençoa os peregrinos do caminho. Tomando sol. Aquela Maria não tem os olhos tristes, muito pelo contrário, tem os olhos de dia, e os caracóis se espalham a seus pés pelo meio-fio. Ela parece confortável ali, gigante e bronzeada no sopé da montanha. Talvez, no Dia do Antes, seus olhos estivessem molhados e bovinos porque não se podia mais rezar para ela. Ou talvez porque chovesse tanto e as estradas tivessem buracos tão profundos que a ambulância não chegava a tempo. Ou quem sabe porque o escultor da imagem também tivesse uma trilha aberta a piques de mato no meio do peito.

São oito quilômetros até a casa da Virgem e o desfiladeiro lá embaixo vai apontando as ruínas de Éfeso. É um chão bem duro e, se ela cair, pode quebrar a Cabeça e espalhar os Ovos Mexidos pelas pedras, gemas escorrendo sobre as tumbas dos guerreiros, claras penduradas nas estátuas da biblioteca. Ela segue batendo o seu cajado no chão, vai perguntar à Virgem por que a mudança é inevitável e a sua dor não tem solução. Lá pelas tantas, um funcionário da Casa de Maria para o carro e oferece uma carona, ela aceita não porque está cansada, gente que nem ela não se cansa, mas porque tem um cajado e tem pressa, muita pressa de perguntar à Virgem Maria por que afinal de contas o filho dela, com aquele poder todo, permaneceu com os olhos baixos diante de um triste espetáculo.

Como se ali nem sequer estivesse.

Como se nem sequer existisse.

A casa da Virgem é uma casinha de pedras com canteiros de flores, no meio das árvores. Aquele pequenino caixote no bosque guarda o silêncio que cada folha faz. Do lado da casa há uma tenda para a missa, onde um frade acende velas, de veste marrom e corda na barriga. Os freis que compraram a Fazenda em Fiandeiras não cuidaram do jardim. Dispensaram Joana dos serviços da casa. Logo abaixo da Casa de Maria, há um muro com pedidos do mundo inteiro, papeizinhos de devotos cristãos para saúde, dinheiro, amor no casamento, trabalho, estudo dos filhos. E também para espantar a solidão, para fechar a estrada aberta a picadas no peito, para acabar de vez com todos os Ovos Mexidos da Cabeça. E assim esquecer para sempre, ou quem sabe se lembrar para sempre, dos beijos com gosto de manga, sob o céu azul parado.

O mesmo céu azul de Éfeso, olhando o mar Egeu lá embaixo.

Ela também deixa um bilhete. Rabisca uma palavra e vai logo conhecer a casa, é bonita a morada de Maria, com as portas abertas para os pássaros e uma abóbada de vidro para entrar o sol da Ásia. A lenda diz que ali ela envelheceu, depois de ter visto seu filho ser crucificado. Uma Virgem de olhos tristes e cansados, e ainda com todos aqueles pedidos para resolver no muro ali embaixo. Machamba entra na casa para perguntar, bem em frente ao altar de pedras, onde fica a estátua da Virgem com as velas, para perguntar se... ela entra rápido e sai logo da casa. Dá a volta e entra de novo, vai até o altar com o tapete vermelho no chão, sim, ela vai perguntar, mas sai de novo e senta-se na murada em frente à casa. Olha para uma árvore. Despista. Então ela se levanta e entra na casa de Maria mais uma vez. É tudo tão simples, alguém deixou um vasinho de planta num canto.

Todos ficaram mudos. Ninguém falou nada. A Nossa Senhora muda. O Jesus da Parede. João e Joana mudos. Ele mudo. Nenhuma palavra a dizer. A mãe muda. A mãe de óculos de sol, tomando caipifruta na piscina. A água muda e escura da piscina. A água imóvel e a mãe calada. Ela mesma muda. A Nossa Senhora completamente silenciosa, colocaram um lençol branco sobre a cômoda da sala de jantar. Os freis que se mudaram para a fazenda não tiraram os móveis do lugar.

Não, não há mais nada a perguntar. Sentada em frente à casa, ela fica olhando as árvores pintadas metade de branco, para evitar as pragas. Mesmo com o muro com tantos pedidos enrolados, a Nossa Senhora parece que descansa, naquela casinha no alto da montanha. Mesmo com o filho crucificado, tudo vai muito bem. Nesse silêncio assim tão aconchegante, que esmaga todas as perguntas, que condensa no zumbido de si todas as respostas, talvez a única questão, no fim das contas, seja por que a mãe, a sua própria mãe ficou calada, vendo tudo se ruir com uma crueldade explosiva de caixa de fósforos. Fitando o prato de comida na sala de jantar. Machamba não se lembra do que jantavam naquela noite. A tarde passa e ela olha as árvores pintadas de branco pela metade, como as pilastras da Grécia, com a parte de baixo lisa para os filósofos conversarem.

27

A respiração parecia às vezes que não lhe pertencia. Nunca se sabia qual humor as sobrancelhas guardavam sob os grandes óculos de sol. De vez em quando brincava com ela, sobretudo para mostrar a ele como era boa. Mas no fundo não gostava de brincar, nem de fazer nada. Fixava a pupila num ponto, pensando. Ficava a tarde toda assim, em transe. Ela sonhava com viagens e iates e nunca lia as Enciclopédias. De vez em quando, saía à noite. Voltava tarde. Eles brigavam antes, mas quando ela retornava era sempre bom. Porque no outro dia fazia bolo e almoço, fazia tudo ser ótimo. Gostava de galopar com os cavalos. Os mais nobres de raça. Mas com frequência passava dias sem ir lá embaixo. Sem chamá-los pelo nome. Os nomes registrados em cartório, que têm os cavalos.

A máquina de costura não fazia barulho. A paz de Deus, que excede todo o entendimento... a máquina de costura que ficava sob o Filipenses bordado num quadro.

Nos feriados vinham as amigas nadar na piscina, beber vodca com gelo em pedra, triturado por dentes sujos de batom. O copo girava no mesmo tempo da boia. Um dia, foi para a praia no Rio de Janeiro, para a casa da irmã, ele ficou bravo, mas ela voltou feliz e bronzeada. Eles se trancaram no quarto, depois davam bicadinhas na boca um do outro, no meio da cozinha. Eles a abraçaram juntos e tudo ficou atlântico. A cabeça pequena de Machamba nas barrigas de Misto-Quente.

Amor demais, amor de menos. Era sempre assim.

Ela zanzava pela casa dando ordens perdidas. Fazer o lombo na segunda, cortar batatas na terça. A casa sem saber se fazia o de sempre ou se obedecia. Com seu olhar fixo na água escura da piscina, de botas, calça cáqui e rabo de cavalo, ela fumava escondido e, quando ele chegava, apagava o cigarro. Que ele não gostava, só deixava durante os jogos de baralho. Quando vinham tias que apertam bochechas e amigas que mordem canudinhos.

O que dava dinheiro na fazenda era a laranja. Mas ele tinha um cavalo e outro para exposição. Foi assim que se conheceram. Ela, em meio às moças bonitas que fotografavam ao lado dos cavalos, de top azul e saia de tafetá. Ele, de cinto de fivela larga. Tudo que ele contava a fazia rir, com o queixo virado para cima. A mão direita na cintura. Tiraram fotografia e ela se mudou para a fazenda dele. Para a beira da piscina, a mesma de sempre, de todos os dias. Quando ele se enervava, ela emudecia, quase nunca ele gritava, mas se o imposto da laranja aumentava, por exemplo, isso podia acontecer. Uma vez ele gritou com ela, na camionete, pois ela disse saber o caminho e acabou se perdendo. Iam levar um cavalo premiado para a exposição. Depois disso, ela embicou e nunca mais o perdoou. Ele teve gastrite. Talvez tenha sido assim que tudo começou. Faça isso de novo e eu nunca mais lhe dou um alô. Com a sua conversa sendo algo muito precioso, uma moeda de grande valia, ela ficava assim, em total silêncio, até resolver falar com ele de novo. Depois repetia a mesma coisa com ela. Elazinha, a filha. Machamba. O medo que os dominava, sondando toda a casa, balançando as cortinas e fazendo bater as portas. Portas para a piscina que, por incrível que pareça, certa vez ela quis azulejar. Tirar o lodo do fundo com as pedras brancas redondas polidas. Para que fossem embora os sapos, e os peixes vindos do rio, perdidos entre os raios de sol. Depois mudou de ideia. Agindo como se fosse um grande favor estar ali naquela vida. Na casa por onde um rio passava. Ela então pegava a camionete e saía chispada, os pneus cobertos de lama. Machamba e o pai ficavam lendo juntos as Enciclopédias das Antigas Civilizações, tentando fazer tudo ser bom de novo, fazer o tempo passar depressa. Às vezes conseguiam. E, quando ela voltava mais calma e participava, olha que bonita essa pirâmide, que gracinha de gravura, e essa página que linda, falando mais alto que o natural, dando beijo e pegando no colo, Machamba gostava muito, mas ficava só esperando o próximo ataque.

28

A cidadezinha que se fez aos pés de Éfeso se chama Selçük. É uma vila de passagem, onde os turistas dormem por um ou dois dias, conhecem as ruínas e partem em direção à Capadócia ou Istambul. Depois de conhecer a casa da Virgem Maria, Machamba decide ficar mais um dia nessa vila. Acaba ficando outro. E mais outro. Encontra algo familiar no meio dessa viagem, ainda não sabe bem o que é. Sabe apenas que come a mesma pizza da pizzaria, o mesmo pão do padeiro, os mesmo hábitos por algum tempo. De pão em pão, fica mais um dia. E outro. E visita a rua dos Curates. O Portal da Cidade. Vê as latrinas romanas onde os antigos faziam suas necessidades um ao lado do outro. Tem tempo para ver cada dia uma coisa. Já visitou duas vezes a Ártemis no Museu de Selçük. A Deusa tem vários peitos no busto e usa um manto de dragões e pássaros. Seus peitos vão do umbigo até o pescoço. A Diana de Selçük veio da Pérsia e corria virgem pelos bosques, na companhia das ninfas, longe dos homens e perto dos leões. Tão bonita que vale a visita ao museu por uma terceira vez.

Já há uma semana está em Selçük, hospedada na pousada do Jol, um garoto louro e ambicioso que faz de tudo para que o hóspede se sinta em casa. Para que fique um dia a mais. Ele vai para a estação todas as manhãs receber os turistas e foi assim que ela o conheceu. Jol tem uma noiva japonesa de Tóquio, que também ficou ali por um dia, depois dois, uma semana, e acabou ficando para longe e para sempre. Vão se casar em breve. Ele conta de outros viajantes que ficaram semanas na cidade, um australiano, um casal de americanos. Talvez seja algo que Jol coloque na água. Ou algo do céu de Selçük. Ou talvez seja apenas algo sobre se permitir ter tempo.

    O quarto tem uma cama com colchas coloridas e uma varanda. A vista dá para o minarete, que cinco vezes por dia chama os muçulmanos para a reza. E cinco vezes por dia a escada na entrada da mesquita fica cheia de sandálias. São muitos os homens descalços se ajoelhando para Alá. A primeira chamada é sempre de madrugada. Durante a tarde, as crianças brincam de bola pelas vielas e ela sai da pousada do Jol, atravessa a ponte, os jogos dos meninos, e senta-se sozinha na mesa de um bar com um tabuleiro de xadrez e um cachimbo de narguilé. Ela puxa a fumaça, norte, sul, leste, oeste, como fazia João em Fiandeiras, e move a torre branca, solta a fumaça, e mexe o bispo negro. Assim, a tarde se vai. Sempre há um turco para puxar papo com uma mulher sozinha na Turquia. Mas ela se finge de muda. Consegue dormir durante a noite e, e em alguma hora do dia, visita uma ruína.

    Toda vez que pensa, vou-me embora para a Capadócia, fica mais um dia. Seja para ver de novo a pequenina Ísis de metal, um amuleto egípcio que algum antigo habitante de Éfeso guardou, seja por causa do pé de mulher pintado no meio das ruínas, tão pequeno, de um povo tão baixinho e antigo, que trinta anos já era a idade de um velho. Seja para rever a moeda do mercador, na porta da Isa Bey. Ela não vai comprar, mas gosta de ir lá todo dia, na mesquita, ver a moeda. Um pequeno disco de milênios atrás, roubado no meio das escavações. Os mercadores perambulam pelas ruínas em busca de tesouros da antiguidade, vendem de forma ilegal e depois compram uma tevê ou um *PlayStation*. Ela também gosta de entrar nas lojas de tapeçarias, ver os bules de chá e as luminárias, as joias e as pulseiras de cristal. Machamba olha tudo e não compra nada. Certa manhã, o moço que vende sandálias de ametista pergunta, *where are you from?*. Ela diz que é do Brasil. Ele mostra as gengivas num sorriso, *Brazil!*, e diz que é seu sonho ir para lá. Traz de dentro da loja uma pasta de fotos com a viagem do irmão turco passeando com a esposa no Rio de Janeiro. Foram ao Corcovado, ao Pão de Açúcar, também a Foz do Iguaçu e a São Paulo, no Viaduto do Chá. Ele fecha o álbum e diz que está juntando dinheiro para ir com a mulher conhecer o Brasil.

Machamba compra dele uma bolsa de camurça, com camelos desenhados.

Nesse mesmo dia, vai conhecer o Templo de Ártemis, uma das antigas Sete Maravilhas do Mundo. Pelo caminho, uma série de manchas negras se precipitam pelo chão: pequenos sapos que atravessam a calçada são pisoteados pelos turistas, sobretudo pelas pessoas que fazem *cooper* na pista. Os sapos vão desenhando o chão com a sua morte, o corpinho esmagado com as patas abertas em suspensão. Sapos que não farão girinos. Ela nunca tinha visto tantos sapos assim, nem na piscina em Fiandeiras. Todos vão na mesma direção, para o santuário de Ártemis, a deusa dos animais, mas só alguns poucos chegam a tempo. O templo mais parece uma terra largada ao vento, um pântano assombrado. Da antiga maravilha do mundo, sobra apenas uma coluna de pé, em que uma garça branca fez seu ninho. Tartarugas nadam num lago bolorento.

Para quem não leu as Enciclopédias das Antigas Civilizações, o lugar é só mais um terreno. Para os turistas com guia, uma das Sete Maravilhas, uma informação que se dispersa no ar, como a poeira que cobrirá a foto. Mas para Machamba é diferente. Ela fica ali por um tempo, olhando o ninho da garça sobre a coluna, a ponto de ouvir o *crec* do primeiro ovo.

Depois segue para a praça de Selçük. E planta uma bananeira no meio do gramado. Entre um e outro carrinho de bebê, com mães muçulmanas de véu nos cabelos, ela fica de ponta-cabeça, com as canelas para cima, a calça que desce até os joelhos. Deu vontade, ela foi lá e pronto. Como o sabiá em cima da vaca cega de um olho só. Como o ninho da garça em cima da coluna. As muçulmanas se assustam, mas ela não se surpreende mais com um mundo assim, todo ao contrário. O céu cedendo à terra, a terra sendo o céu. Ela de cabeça para baixo e os pés para o alto, o vento balança a cortina da janela de um prédio, o mesmo vento que leva pelos ares o canto da mesquita, que chama os homens para a reza da tarde. Não morrer é uma opção. Viver, uma decisão. Assim, de pernas para cima, seu telefone acaba escorregando do bolso da calça, e só então ela se lembra que no mundo tem outras pessoas vivas também, pessoas que talvez estejam sentindo a sua falta.

29

Eles tomaram do mesmo leite na mesma época. O mesmo sumo branco do mesmo seio negro e amoroso. Às vezes, tentava falar na casa, Joana dizia alô, ela sempre desligava. Não conseguia ouvir na voz de Joana a dor de perder um filho e uma filha. Ela era sua cria branquinha, da casa lá de cima. Joana que deu peito, que cuidava, pois, quando Machamba nasceu, a mãe ficou de cama, triste e fraca. Fazendo bolo de aniversário como costurava, aos repentes, para esquecer algo que a machucava. E a paz de Deus, que excede todo o entendimento, guardará os vossos corações e os vossos pensamentos, mas, pelo amor de Deus, que paz era essa que não vinha nunca? A mãe gostava de bebericar batidas de coco, fazer patê de frango e deixar a tevê ligada com palha de aço na antena, passando novela. Mas da filha talvez não tivesse mesmo como cuidar, talvez fosse apenas uma vida equivocada, escolhida assim, sem querer. Então Joana vinha e dava tudo o que precisava, seus ossos sendo os pilares da alegria da casa.

E continuando a ser.

Depois do Elo Perdido, João e Joana permaneceram na fazenda, naquele chão abandonado. Com cerâmicas quebradas e a ferrugem nas dobradiças. O mato crescido no barranco da piscina e o nunca mais dos cavalos vendidos, o vento passando pelas baias vazias, um tonel de tirar leite caído lá embaixo, no curral. Só os barulhos permaneciam. O mesmo correr do rio. Os mesmos passarinhos. E o mesmo chiar do sol sobre os eucaliptos. João mudo se enfiou no trabalho da plantação. Joana muda lavava roupa. À casa lá de cima ninguém mais ia. O mofo no estofado das cadeiras. A mancha de uma aranha caída de costas no chão. De vez em quando, Joana ia visitá-la no apartamento não seu com janela não sua. Balançando no ônibus lotação. Ela disse que não precisava, Luís tomava conta dela, uma droga que a tudo anestesiava. Depois Joana teve outra filha, Laurinha. Ficou de novo gostando da vida. Uma vez, Machamba telefonou e avisou que tinha se mudado, ido para o exterior. No mais, não tinha palavras para tanto. Machamba ligava muda, e desligava calada.

30

Afrodísias, Turquia

Num dos incontáveis dias em Selçük, sai para fazer um passeio em Afrodísias. O parque arqueológico fica a três horas de distância de Éfeso e trata-se de uma cidade da Antiguidade, construída em homenagem à Deusa do Amor, nascida das águas numa concha de madrepérola. Afrodite, chamada assim pelos gregos e de Vênus pelos romanos, cobre suas partes íntimas num quadro de Boticcelli e faz a humanidade amar sem ser correspondida, com o peito dilacerado, atingido pelas flechas do seu filho Cupido. Talvez tenha sido por causa dessa deusa que a respiração dos corpos subia e descia sob a mangueira na Fazenda em Fiandeiras, quando o suor transformava os pelos em pequeninas árvores d'água de caules negros. Machamba cochila enquanto o ônibus da Turquia segue tranquilo pela estrada lisinha. Lá dentro eles oferecem chá água café e depois limpam as mãos dos passageiros com um produto de limão. No caminho para a escola em Fiandeiras, ela também dormia cansada, com os pneus batendo nos buracos da estrada tentando acordá-la, já avisando: o sonho vai acabar.

Ela se distancia cada vez mais do mar Egeu, vendo pela janela do ônibus a Turquia muçulmana, as camponesas de véu estampado na colheita das laranjas, os campos de flores vermelhas brotando pelo caminho. Os minaretes da Anatólia perfumam o céu, rodeados por montanhas com picos de neve, derramando a prece sobre os vilarejos, onde Alá continua a chamar para a oração. Do outro lado do mundo, o sino em Fiandeiras também continua a anunciar a salvação, na igreja em frente à praça, logo abaixo do cemitério, ao lado do mercado das faias e das flores.

    Machamba desce em Nazlii e segue para o parque em uma van só com mulheres muçulmanas. No caminho, param num vilarejo que ostenta uma grande maçã vermelha no meio da praça. A fruta do amor. Passa tempo, muda história, e a maçã continua o motivo do pecado original. Na festa da colheita que foi com Bruno, na casa inglesa do Natal, a maçã era cultuada como a fruta da deusa, da Mãe Natureza, a fruta mais amada, com cinco sementes dentro, formando uma estrela. Tinha seu rito nos tempos mais antigos do mundo, quando a mulher era adorada porque embarrigava e o homem nem sabia que era ele próprio quem a semeava. Mas aí chegaram os romanos, e a maçã virou a fruta do mal e a tentação da serpente.

    Fora da van, ela vê a maçã da praça. Dentro da van, as mulheres falam turco, todas reparam a sua calça diferente, a sua roupa diferente, a sua língua diferente. Ela tira um caderninho da bolsa de camelos e começa a rabiscar. Desde o bilhete deixado na casa da Virgem, tem ensaiado uns rabiscos, num processo de realfabetização. A senhora da poltrona em frente sorri. Está de véu, saia florida, colete de lã e botas de borracha, como todas as outras mulheres da van, só o que as difere entre si são as estampas das saias. Machamba vai rabiscando traços que formam palavras que formam frases, que talvez juntas formem um sentido. O sentido de alguma coisa. A velhinha aponta para o papel e mostra os dentes, em turco. Ela agora quer se comunicar, quer muito conversar, arrisca o inglês, não adianta, a senhora sorri apenas em turco. Mas Machamba entende que aquele sorriso lhe pergunta: o que você escreve? Então ela tira a caneta do papel e põe a mão sobre o lugar onde costumam morar os corações. A senhora balança a cabeça. As outras turcas também. Elas entendem, com suas saias floridas em barrigas lavadas com sabonete de oliva. Ah, o amor, as turcas riem comentando. Só uma mulher não ri. De véu e botas como as outras, ela não sorri. Olha para a sua calça, camisa e tênis diferentes. É uma mulher mais jovem e a encara com dureza. A mesquita chama para a reza do meio-dia. Talvez a mulher olhe porque ela própria não pode se vestir assim. Só pode usar a roupa que lhe mandaram vestir. De véu e colete de lã. Talvez o seu pai também tenha lhe dito para amar somente quem serve para ser amado.

E isso as duas têm em comum.

O tempo não passa, a viagem dura mais trinta minutos. Ela desce da van, faz xixi e relaxa.

Afrodísias é um descampado no meio da estrada. Boa parte da cidade foi construída por Zeolios, um antigo morador que voltou depois de anos e deu de presente o estádio, o teatro, tudo para Afrodite, a Deusa do Amor. O templo dedicado a ela no centro da cidade virou uma igreja. A deusa cultuada em pedras caídas, Machamba pula restos de pilastras de amor. Ali no meio, um gato preto lava seus pelos com a língua, os animais sendo assim sempre a circulação sanguínea das ruínas. Ela caminha no parque sem ninguém para conversar. Sem ninguém para rir junto. Agora que já tem algumas palavras para dizer, palavras como luz, cabelo, mármore, só o vento a escuta. Ela compra uma coca-cola na lanchonete da entrada. Vai bebendo a lata pelo caminho, um líquido preto gelado com bolhas. É raro encontrar um ou outro turista em Afrodísias, no máximo um pesquisador, ninguém que ela conheça, ninguém para chamar de amor. Nenhum casaco preto londrino ao redor e nem Luís, que era para estar ali ao seu lado, fazendo essa viagem toda. Caminhando pelos pilares destruídos, vendo o estádio onde os antigos gregos faziam atletismo. Ela senta e olha o campo gigante e oval, com o mato crescido onde os homens faziam os seus esportes e as suas felicidades. Já há muito sepultadas. Luís não era para estar ali mesmo, ô vida besta. Venta. Sua lembrança agora representa um nada tão grande quanto aquela escadaria com matagal. O amor só solta da coisa quando se coloca poesia nela. E Luís agora é só uma história, não muito diferente da pedra de uma ruína, que só existe por causa do passado, e da memória que se conhece dela.

    Caminha pelo Sebastyom, passeia pelo Odeon, atravessa as pilastras da Ágora e chega ao teatro. Fica sozinha ali, no centro daquele espetáculo, de roupa ocidental, tomando coca-cola em meio a antigas pedras. O palco em semicírculo se volta para os bancos bem conservados da plateia. Pelos degraus cheios de escrituras, palavras vão se desenhando, pichações de outra época, sagradas só porque são velhas. Ela deixa em cima de uma dessas letras a sua lata de coca-cola. Única coisa vermelha, única coisa que olha. E sobe a escada do palco. Ali no meio, ela emite uma vogal, para medir o alcance do antigo show. O eco retumba nas pedras. Então, bem no centro do palco, ela solta um grito grosso e preso no peito, um som gigantesco.

    E deixa cair da garganta a rolha mofada de um vinho muito velho.

    Não é nada mesmo que importe. É só esse uivo desesperado e eterno, que ecoa por todo o teatro, por todos os tempos novos e arcaicos, por todo o tamanhozinho que é o seu corpo, retumbando nas ruínas helênicas, nos tijolos da antiga igreja, atravessando o espaço e quicando lá em cima, nas esferas de Pitágoras. Penetrando também aqui embaixo, entre os ratos. Depois o silêncio que resta, o peito que desce e sobe com a respiração e o pavor porque a palavra *depois* foi inventada pelo tempo. No mais, a esperança de que pelo menos um pesquisador a escute, pelo menos a moça da lanchonete ou o porteiro do parque. Porque ela tem pelo menos uma última coisa a dizer. E por isso termina a sua coca-cola e decide tomar uma providência.

31

Nasceram na mesma época. Mulheres naquele fazendão menstruavam igual, engravidavam igual. Mas nem tudo era assim, por mais que parecesse. Debaixo da mangueira, o pai disse: sai. Naquele dia, a pata do boi teve todo o peso do mundo. Esmagou o peito dele, e o dela também, tanto que o coração caiu. Na fazenda havia os chicotes dos cavalos, que, quando batiam, faziam os bichos assustados correr para bem longe. Contavam histórias, ele e ela. Andavam até a nascente do rio, a mãe gritava seu nome, ela fingia que não ouvia. Iam afundando na lama, seguindo o cano rupestre que levava a água da fonte até a piscina. Afastavam os galhos do caminho e penetravam no charco até o muro que os homens trazidos como escravos construíram, na época em que o avô do avô do avô dele tomou um navio acorrentado. Entravam na água gelada, onde não batia sol, no percurso marrom caudaloso do rio. Ela tremia de boca roxa. Ele escutava as histórias das Enciclopédias das Antigas Civilizações. Desenhavam o mapa do mundo na barriga, eram os donos daquelas terras. Brincavam tanto que se misturavam. Dormiam à tarde abraçados de frio, a mãe achando que ela tinha se afogado no rio, voltava para casa e era proibida de nadar. Mas, dentro de casa, era sempre mais gelado. O vale no meio das montanhas, o coração frio que a mãe cozinhava, a umidade das grandes chuvas nas beliches vazias do quarto. Mas lá fora o sol galopava *vem vem*, ele sempre de umbigo caramelo, a mãe enrolada na blusa de lã. Eram um do outro mais do que qualquer coisa, naquele mundo de pasto, com gente em cacarecos. E quando vinha mesmo o inverno, a piscina se enchia de folhas de pinheiros, agulhas boiando marrons e mortas. Asas de libélulas também caíam nessas águas, descendo pelo rio frio. O vento arrepiava a água da piscina, o lodo do fundo balançava, e o casaco vermelho saía do baú, naquelas noites geladas. *Uuuh*. Mas ainda assim ele nadava. E por causa dele e da saudade da fazenda e de tudo que ela era e de tudo que era deles, nunca mais em sua vida entrou numa piscina.

Mas, hoje, ela vai nadar.

32

Pamukkale, Turquia

Vai nadar em Hierápolis, na Turquia. Nas águas mornas das piscinas azuis de Pamukkale, onde os gregos vindos de todas as partes mergulhavam para se curar. Muitos não melhoravam e por ali ficavam, e por isso Hierápolis tem cemitérios por quilômetros a perder de vista. Já que nada nessa vida dura mesmo muito tempo. Pamukkale é um sonho macio em nuvens de algodão. Nascida das rochas brancas de calcário que cobrem tudo a sua volta, é interrompida aqui e ali por piscinas termais de azul-cobalto. Por mais que o homem invente a desordem, a natureza sempre dá um jeito de estatelar sua beleza pelos confins do mundo. Assim é aquele pedaço de chão turco sobre o planeta, bonito além da conta, azul e quentinho. Ela abençoa os próprios pés na água morna que encontra, enfia eles ali e fica com o olhar de molho na linha branca do horizonte. Mas a única piscina em que se pode nadar é fechada como um clube, com europeus tomando uísque, crianças comendo quibe, debaixo da sombra de um guarda-sol. Ali meninos nadam em boias, com os pais pagando em dólares.

Ela compra um biquíni.

Vai entrar na piscina térmica onde os antigos tratavam suas dores de fígado. Vai nadar onde os gregos, que eram feitos do mesmo tecido dos homens de hoje, afogavam o peito de coração arrancado com Unhas Fumegantes. No fundo do azul transparente, entre as pedras das ruínas, Machamba mergulha quente e profundo, na Fazenda em Fiandeiras, as pedras brancas redondas polidas se enchiam de lodo, a água verde que vinha do rio vez ou outra trazia um peixe, um peixe negro dançando pelos raios de luz. Fora da água, senhores contabilizam seus gastos, balançando copos. Ela nada, depois toma um banho de chuveiro e larga o biquíni no vestiário. E se veste para ir em direção à Capadócia. Agora chega. Na Capadócia, vai arrumar um carregador para o celular, há muito desligado. Lá ela vai telefonar.

33

Capadócia, Turquia

Uma pintura em particular chama a sua atenção no Museu ao Ar Livre de Gorëme. Abaixo da anunciação do Anjo Gabriel, à direita da abóbada frontal. É Maria sendo levada para ver se é Virgem mesmo, já grávida do menino Jesus. A primeira mulher da fila bebe um líquido de uma grande taça amarela, que lhe foi entregue pelo rabino. No fim da fila, outra mulher se debruça aflita sobre os braços do companheiro. E no meio deles estão José e Maria, ela faz com a mão direita o símbolo da anunciação e José levanta sua túnica, calçando sandálias de dedo, para mostrar que é humilde. O casal está seguro, com o rosto voltado para o quadro. Maria é virgem mesmo. Todas estão vestidas de azul e a Virgem, vestida como elas, mostra que não passava de uma mulher comum na época. As jovens na fila estão preocupadas, não ser virgem era o maior dos pecados, a mulher seria expulsa ou apedrejada, e para todo o sempre culpada do mal original que cometeu. Essa pintura restou intacta, entre tantas outras nas paredes descascadas.

A Capadócia é o fim. Fim do quê, não se sabe, mas só pode ser o fim. Lá o deserto se levantou, formando castelos de areia na superfície da Terra. As rochas se torcem pelo horizonte, desenhando casas de trogloditas, moradas de fadas, torres medievais e vales lunares. A paisagem é um camelo escultor, forma desenhos para os olhos de quem vê, como as nuvens. Lá é o fim porque a geografia nem sequer tem um começo, um ponto eleito pela história dos fatos. Na Capadócia, os padres e os pombos decidiram ficar. Dentro daquelas rochas, eles fizeram suas casas. Naquelas torres que o vento constrói, os bizantinos de outros séculos levantaram mosteiros escondidos, pintaram com velas e tintas as passagens do Novo Testamento, com Jesus nos tetos e nas paredes das cavernas. A Ressurreição de Cristo foi guardada com cuidado, naquela paisagem de pedra. E ali está a pintura da Virgem Maria, protegida do mundo de fora. Talvez nada a encante mais do que a Capadócia. Nenhum horizonte pode ser assim, tão distante de tudo. Talvez nada seja tão lunar, e ecoe tanto o mistério que nos consola.

 Depois de um dia inteiro de passeio por aqueles vales, ela mesma se esconde em sua caverna. Depois de ver esconderijos de treze andares por debaixo da terra, ela cava o seu próprio buraco de hotel. O hotel que também é de pedra. Com sua própria pintura nas paredes. Ela comprou um carregador de celular no centro da cidade. Agora fecha a porta da sua gruta e vai telefonar. O quarto está aquecido, dentro da concha calcária. Tira do fundo do casaco o pequeno telefone, que há muitas eras não dá sinal de fumaça, esquecido no bolso de uma outra época. O celular tem quarenta e três novas mensagens. *Where the hell are you?* Ela foi embora sem dar satisfação. Abandonou o passado no inverno, as mensagens de Bruno penduradas pelos galhos, talvez com os sonhos dele partidos, porque sumiu assim, de repente, sem deixar nenhum rastro. Deixou para trás a neve e o gelo nos corações. Como fez com as Quenianas, sem nunca mais dar notícias. Até mesmo com Luís, no dia em que saiu correndo pela autopista, jamais deu um alô. Nunca mais falou com Bruno, depois daquele Natal, quando viu um perigo de amor nos olhos dele. Poderia chamá-lo agora, poderia dizer venha, voltar com ele para Londres e suas persianas, mesmo o mundo sendo de areia, onde nada dura muito tempo e o vento faz e desfaz as montanhas e apaga os passos no piso árido, mesmo assim ela poderia voltar e tentar viver como as pessoas vivem. Lê uma a uma as mensagens de Bruno. As da operadora telefônica. Outras mensagens desimportantes.

Agora ela vai telefonar.

Mas seus braços doem e ela pode morrer a qualquer momento. A parede da caverna aperta. Foi algo que comeu no almoço. O chá das três maçãs, foi isso. Ela joga o telefone no tapete do quarto e sente falta de ar. Vê mandalas girando quando fecha os olhos, e arabescos soltam gosmas nas paredes. Ela não sabe se pisca ou se não pisca. Nem sequer se lembra de como engolir a saliva. O chá das três maçãs. Uma cortesia, uma gentileza que os turcos sempre oferecem a seus clientes, dessa vez foi cobrado, duas liras. O chá com gosto estragado. Ela abriu a boca para reclamar, mas desistiu. Depois conversou com um casal de Nova York que chamou o garçon de *nasty*. Não foi o chá. Foi essa palavra *nasty* que a enjoou. Escura, viscosa e sem solução. A Virgem espera na fila. Espera num mundo feito de areia para ver se é virgem mesmo. No mais, só o arrepio dos vômitos e a sensação de ter passado a noite inteira sobre um colchão de agulhas. A pintura da Virgem no teto tinha uns nacos velhos de tinta azul royal. Os turistas olhavam admirados para cima, com o maxilar pontudo. Ela só via os esqueletos dos turistas. Distraídos, olhando virgens antigas. Turistas com caveiras desesperadas por dentro, pedindo com dedos de ossos, quero viver só mais um pouquinho.

Amanhece e o céu de balões coloridos da Capadócia clareia todos esses monstros. Ela agora, tão fraquinha, tenta se arrastar até a estação, não quer ficar na Capadócia, quer ir bem rápido para onde, para longe, para qualquer solução. Mas Maria na fila não a deixa fazer mais nada, o joelho que bateu no chão do corredor, a porta do banheiro de azulejos laranja, pai, eu sou virgem, pai. Uma farpa no joelho derrubou o seu sangue. Ela não sabe bem para onde vai. Mas sabe bem o que sente, porque já sentiu isso, há muito tempo, antes de morrer pela primeira vez.

34

O medo afiado do mundo veio antes de tudo. Antes mesmo do sofá com Luís. Tinha pavor de animais que podiam chegar de repente e *tum,* morder a sua canela. Cobras que surgem no meio do mato, só esperando alguém passar. Também bichos que podem agir pelas costas de repente, panteras negras, onças com garras e presas, a vida revelando o seu outro lado, em estado de ataque. Os peixes que vinham bombeados da piscina, até mesmo eles podiam se esconder entre as pedras brancas redondas polidas e acometê-la em meio a um mergulho. O mundo e seus movimentos escusos.

Como fez Leão.

Sempre gostou de cachorros. E do pelo quente que eles têm e da amizade deles. Mas com Leão não foi assim. Machamba vinha das baias dos cavalos, subia o barranco que levava até a casa. Tinha ido junto com Joana ver o potro que nasceu dos alazões. Naquelas épocas, Joana andava para cima e para baixo com um papagaio no ombro. Leão vinha atrás, balançando a língua enorme, dente enorme e pata enorme. Ela não sabia que Leão tinha se apaixonado por Joana com o papagaio no ombro. E é por isso que os cães são movidos. Pelas paixões. Não adianta respirar fundo, estar tranquilo e em paz, cachorro cheira medo, é o que dizem, o calmo não é atacado, mas isso está escrito somente no registro dos homens. E cachorros não podem ler. O que os cachorros não gostam mesmo é de sentir o seu amor ameaçado.

Foi assim com ela, quando estava calma e em paz.

No meio do barranco, Leão pulou nas suas costas, derrubou-a com duas patas gigantes e enfiou os dentes na sua coluna. Por causa de Joana e do papagaio. Foi tudo muito rápido. Um muito inevitável. Joana gritou, xingou, bateu no cachorro com a vara. Machamba ficou caída por um tempo, com a cara na terra, olhando os cacos de cerâmica portuguesa que formavam o cascalho do barranco. Joana a ajudou a se levantar e depois limpou o sangue com cuidado. Lavou e desinfetou. Para ver a mordida, ela precisou de dois espelhos, enquanto Joana segurava um, ela olhava suas costas no armarinho sobre a pia do banheiro. A marca dos dentes de Leão cravada entre as costelas, no meio da sua coluninha de criança. Na hora não chorou, mas depois Leão podia estar a qualquer momento em qualquer lugar, rondando a casa. Entrar pelas portas da piscina e atacá-la. Ela se empoleirou no alto da beliche vazia e não saiu mais de lá. Foi então que veio João.

Conversou com ela, carregou nos braços, disse que tinha que resolver esse medo, antes de crescer no peito e virar doença. Ela tremia muito, mas ele segurava a sua mão. João. Era bom tê-lo por perto. O focinho do Leão agitava os girinos na borda d'água, ele tinha os olhos amarelados, um rabo cinza comprido, meio pateta, passeava ali como se nada tivesse acontecido. Leão levantou a cabeça, viu João e veio com aquela língua de apaixonado. Mas ela não confiou em João. Achou que ele fosse jogá-la em cima do cachorro. Então gritou, estapeou e chorou. Leão correu com as patas para cima dela, João deu o pito e ele se enfiou no próprio rabo. Só quer brincar com você. Podia até ser. Mas, então, por que o esqueleto dela tremia daquele jeito? Era a primeira vez que o medo aparecia. Uma máquina artesanal assustadora e antiga, girada a manivela, pela qual o corpo passa até virar uma pasta de cimento mole.

O Moedor de Ossos.

Durante a faculdade de Geografia, o Moedor de Ossos também apareceu. A mãe ligou e pediu que ela fosse até o centro de

Belo Horizonte, buscar os papéis da sua herança no escritório do advogado. Ela, deitada no sofá do apartamento não seu com persianas não suas, saiu de casa e desceu a rua em direção ao centro. O seu corpo caminhava com duas pernas em meio à multidão, com um nariz pequeno que respirava. E foi então que começou. De repente, não conseguia engolir a saliva. Uma coisa boba, simples, que é engolir saliva, ela não podia mais. Forçou, espremeu, conseguiu. Espreguiçou os braços, respirou, balançou a cabeça e a saliva veio de novo. Tentou outra vez, e outra, e mais outra, mas a garganta tinha mesmo se travado. Estou morrendo. Em meio a tanta gente, no centro da cidade, numa terça-feira do Tempo Pequeno, às três horas da tarde.

Para distrair a morte, ela se agarrou na ideia de chegar até o advogado. Um, dois, três, quatro passos, parar no sinal, ela mexia os braços para não se afogar, lavava a mão no suor, imersa em seu próprio pasto. O olho se apoiou numa bolsa bege de uma transeunte qualquer e ela conseguiu chegar na rua que ia. Leu o número dos prédios escritos nas paredes, absorvida agora com uma atenção inédita, tinha acabado de nascer, era um extraterrestre caído ali, por acaso, observando cada curva do cinco, do seis. Até que chegou no número 32. Entrou no edifício, a profusão de pessoas chegando e saindo, ela então debruçou todo o seu peso no balcão do porteiro, feito a cama para o sono, banheiro para o xixi, feito água para quem se perdeu no deserto de si mesmo. Pois não?, perguntou o porteiro, precisando de uma resposta, o número da sala, qual era o andar. Mas ela já não podia mais, a cabeça agora já era a Cabeça de Ovos Mexidos, um emaranhado de fios de curto-circuito que derretiam num lago leitoso, sem margem nenhuma e sem canoeiro.

O porteiro apontou na parede a lista de salas e foi atender outra pessoa. O Tempo Pequeno. Alguém em busca de dentista, gráfica, marceneiro. Ela leu um por um os nomes até chegar na placa do advogado. Seguiu com máxima atenção o roteiro. Parou na fila de pessoas que se dividiam em grupos pelos elevadores, entrou no caixote de lata com o seu grupo, contou andar por andar até o número oito, atravessou o corredor, sentou numa sala, disse bom dia para um homem de dentes amarelos e um traço fundo na testa. O homem fez piada. Ela amarrou um sorriso com cordas em cada lado da orelha, calculando que assim teria um bom resultado com o advogado. Pegou o envelope pardo, apertou o botão do elevador e voltou para a rua. O barulho da rua. A terra de bárbaros que pode ser uma única rua. Dois mais dois são quatro, logaritmos, hipotenusas, esquinas, lógicas, fatos, um corpo que respira e caminha, pernas uma depois da outra, sinal de trânsito, ordem, sociedade que se organiza, não pense nisso, um endereço para ir, a saliva não desce, mas existe um destino. A meta é chegar em casa. No apartamento que não é seu e nenhum dos móveis lá dentro lhe pertence.

Mas não pense nisso agora.

Machamba por fim abriu a porta do apartamento. Deitou-se no sofá não seu, ligou a televisão não sua e ficou ali tremendo, debaixo de uma coberta que também nunca haveria de lhe pertencer. Deixando que o Moedor de Ossos triturasse todo o seu esqueleto numa massa informe e sem cor, com a certeza absoluta de que nada nesse mundo tinha segurança.

35

Jerusalém, Israel

Não sabe para que continuar essa viagem. Para que se manter em movimento. Para continuar a... ela não sabe mais. Agora tem três mil anos, tremedeira nas pernas e Jesus nem sequer nasceu. E ela não tem mais perguntas a lhe fazer. Por quê? Se antes mesmo dele o sangue dos homens já havia sido derramado... Mesmo assim, ela continua sua via sacra, da Capadócia a Israel. Caminha pela Via Dolorosa, na cidade velha de Jerusalém. Senhoras com o peso do tempo entre os olhos carregam cruzes de madeira, em meio aos mercadores árabes. A paixão de Cristo no meio da vida assim diária, que sempre continua, com homens vendendo tâmaras, azulejos e até camisas da seleção brasileira. Machamba passa pelas quatorze estações seguindo os últimos passos de Jesus, quando ele foi julgado e arrastou ensanguentado a sua cruz. Quando ele foi morto, enterrado e ressuscitou. Ela também passa por barracas que vendem desde camelos de pelúcia a doces de uva. Atravessa a quarta estação, o momento da queda, quando Jesus, sem dormir e sem comer, caiu com o peso da madeira e esfolou o joelho no chão. No caminho, vê uma loja de ternos, os mesmos dos advogados de Hong Kong. Depois passa pela sexta estação, onde uma mulher chamada Verônica enxugou o suor de Jesus. Anda pelo marco onde a Virgem viu o filho em seu calvário. Muitos vestidos coloridos estão pendurados pelos tetos do mercado.

Os árabes espremem o suco vermelho da romã para vender. Tirando isso, todo o resto é sépia, antigo e fossilizado. Ela olha para o azul do céu, para ver se encontra Jesus ali. Olha para uma pomba numa janela, porque não consegue vê-lo naquelas pedras velhas. Procura por um Jesus que coma mangas. E que fale de coisas boas e vivas, nessas mesmas praças que têm em todas as vilas. Um Jesus corajoso, zanzando entre os soldados romanos, falando de paz em meio a suas lanças. Ela olha para um arbusto na linha do horizonte e para o sopro que o vento faz nas suas folhas, porque vê um Jesus calmo, que olha nos olhos de quem está falando. Jesus dizendo umas palavras bonitas por aquelas ruas. O sol iluminando os fios de sua barba, alguém sorri porque escutou o que ele disse, às três horas da tarde, olhando para Jesus de sandálias e unhas aparadas.

O mesmo fim de tarde que Maria olha da sua montanha, em Éfeso. Mas o homem, que fez o Jesus da parede da Fazenda em Fiandeiras, criou um Jesus triste, com sobrancelhas tensas e os olhos fechados. E a Nossa Senhora, coitada, muito infeliz mesmo, com os olhos bovinos e voltados para baixo.

Foram tantos pesadelos.

Machamba agora não tem mais perguntas, nem para Jesus nem para Nossa Senhora. Gosta tanto deles, os moradores mais antigos da casa, leva-os enrolados na flanelinha como a coisa mais próxima que tem de si, tesouros de um tempo muito antigo, perto e quente do lugar onde morava o seu coração.

Como não tem mais perguntas, já não sabe bem para onde vai. Pegou um ônibus da Capadócia a Istambul e embarcou num voo até o aeroporto Ben Gurion, em Israel. Tomou um táxi e em menos de uma hora entrava pela Porta dos Leões, na cidade sagrada de Jerusalém. Tudo que sabe agora é que caminha por um mundo em ruínas, seguindo o mapa das Antigas Civilizações. Atravessa a Via-Crúcis, com os armênios sentados na porta de suas casas, em cadeiras com os mesmos estofados do século passado. Vê os árabes sob o domo de ouro da grande mesquita, ao redor da rocha em que o profeta Maomé teve a sua revelação.

Também vai ver os judeus no Muro das Lamentações, sentados em cadeiras que parecem de escola, as mesmas do grupo escolar em Fiandeiras. Cadeiras finas, com pés de ferro. Ela está mesmo num mundo velho, todo feito para se sentar. Os corpos já não aguentam mais ficar de pé, corpos bípedes sobre pedras de calcário, pedras que um dia foram corais do mar, num mundo que talvez tenha sido feito para se nadar. Ela anda pelas ruínas com tanto enjoo e fraqueza, o corpo todo amassado pelo Moedor de Ossos, que por um momento até pensa que esteja grávida. Espera que não seja de Bruno. Tomara que seja de um mundo novo.

Segue o fluxo de turistas de bermudas cáqui sobre ruínas cáqui. Não procura hotel, nem nada. Vai andando pela Cidade Velha de Jerusalém, com a sua bolsa de camurça com camelos desenhados. O telefone balançando lá dentro. Anda fraca e com a cabeça arrepiada. Por isso, nesse momento, a única pessoa com quem quer conversar é com Abraão em si. Que está há tanto tempo no mundo. O pai de judeus, árabes e cristãos. Quer perguntar a ele qual o motivo de tanta confusão. Se pode ajudá-la a entender isso daqui, dizer por qual razão o amor entre os homens é obrigado a passar pela cultura, por questões raciais, religiosas, o Amor, um sentimento tão imenso que nem sequer cabe nos corpos. Quer saber por que as pessoas são crucificadas por causa disso. Se Abraão quiser explicar, ela fica agradecida. Porque está muito cansada.

As ruínas de Jerusalém são as mesmas da Grécia e da Turquia, só os deuses é que mudaram. E nem tanto assim, há dois mil anos o que os romanos fizeram foi apenas trocar o Deus Sol pelo Cristo Redentor. Deixaram as festas no mesmo lugar do calendário, só trocaram a celebração da colheita pelo feriado dos santos. A festa pagã do inverno pelo Natal, por exemplo, o deus solar pelo deus cristão. Os romanos se fecharam numa sala para editar a Bíblia, o livro mais lido do mundo, que chegava na fazenda em fascículos. Eles decidiram quais textos iriam ficar e quais iriam sair. Arrancaram os evangelhos de Maria Madalena, de Judas Escariotes e de São Tomé. E definiram o que cristãos do mundo todo deveriam ler. E acreditar. Talvez tenha sido também numa salinha assim que os romanos decidiram o que é pecado, o que pode e não pode ser feito, quem e como deve e não deve ser amado. Deixando para os homens o medo de errar, o mesmo que talvez ela carregue até hoje, na bolsa de camelo, junto com o celular.

Na Praça Zion, vê muitas mulheres judias tomando chope na calçada, músicos de rua, judeus de bermuda e chinelos de dedo. Uma atmosfera leve, jovem, aerada, longe daquelas pedras pesando toneladas. Lembra o verão em Londres, quando os moradores mudam de calçada só para ficarem com o rosto ensolarado, bebem cerveja no gramado e tiram a blusa no Hyde Park. Sob o mesmo sol de tantos bilhões de anos, uma bola de fogo criando moléculas de vida, as plantas crescendo, a raça humana aquecida. Os judeus rezam no muro, os árabes na grande mesquita, os cristãos no Santo Sepulcro. O sol assiste a tudo calado.

E permanece.

Machamba suspira e olha para o sol, para esse algo que não seja sangue, que não seja história. Já faz duas noites que não dorme. Depois da Capadócia, esperou o voo para Israel numa cadeira do aeroporto em Istambul, até a manhã seguinte. A terra onde nasceu Jesus ficava no meio do caminho do seu próximo destino, o Egito, por isso quis vir até aqui. Mas agora já quer acabar logo com isso. Com essa história de viagem e de ruínas. Não vai ser em Jerusalém que vai encontrar o seu coração, caído no meio de um monte de pedras. Nem sequer sabe se ele caiu mesmo, ou se foi ela que o deixou tombar.

A única coisa que sabe é do seu imenso cansaço e nada pode ser mais sincero do que um corpo em pedaços. Então agora só lhe resta dizer que veio até aqui, a Jerusalém, para encontrar você. Na esperança de saber alguma resposta. Mas, olha, há silêncio no meio da rua, silêncio nas portas e nas entidades. Um alemão passa e lhe pergunta onde é uma rua, mas a única certeza que ela tem agora é de que toda essa viagem é só para encontrar você. Não teve um só dia nessas ruínas que não tenha sido para encontrar você. Não teve uma só vez em que ela pegou trem, ônibus, avião, que distribuiu milhas por esse céu de nuvens afora, a não ser para se encontrar com você. Quer encontrar para olhar, para abraçar. Para que você segure a mão dela enquanto ela se lembra do Elo Perdido, sem cair lá embaixo de novo, sem arrebentar a Cabeça de Ovos Mexidos no chão. Mas você, quem é, você cadê?

36

Ela se lembra de um cheiro que era exatamente esse: suor, serragem e silêncio. Cheiro de gente viva na camisa do peito, de gente em movimento, que roça o roçado. Então que voltassem no tempo e fossem para o quarto e correspondessem ao propósito de tudo aquilo que aconteceu. Que retornassem para debaixo da mangueira, onde está pendurada a fita vermelha, e fizessem o sagrado do encontro, os corpos nus e colados um no outro. Mas isso nem sequer aconteceu. E de tudo, talvez, seja isso o que mais adoeça.

37

Voo sobre a Faixa de Gaza

Desse jeito ela não passa de uma terrorista, sem malas, sem rumo, sem volta. Que vai da Turquia para Israel, de Israel para o Egito. Não é em lugar nenhum do mapa, quicando assim pelos céus, que ela vai encontrar você. Assim pode acabar sendo presa, mas, então, que seja, agora ela quer entregar a bomba dentro dela. Que todos os parafusos do braço apitem na revista dos guardas, não importa, ela dorme acordada e talvez esteja sendo seguida porque anda sonâmbula, sendo observada sem que saiba. O guarda de Israel vai dar o visto de saída e analisa o seu passaporte português, herança do seu pai. Com esse passaporte europeu, ela viaja mais fácil pelo planeta, mas mesmo assim não passou despercebida, afinal, nem por vinte e quatro horas ficou em Israel e já sai de novo, parecendo que está fugindo. O guarda pergunta: por que viajou só um dia? Vim só para ver Jerusalém. Por que veio ver Jerusalém? Porque o meu pai lia a Bíblia comigo. E onde está o seu pai? Foi isso o que o guarda perguntou. Lá de cima do avião, ela vê o mar claro contornando a Faixa de Gaza, a linha que separa o Mar Vermelho do Mediterrâneo. Onde a terra tem armas e as águas, golfinhos. Ela vê o Dahab com a sua variedade de peixes. E o Monte Sinai, onde Moisés leu os Dez Mandamentos para o povo escolhido, antes de abrir as águas para a travessia dos hebreus. Ó povo que foste escravo na terra do Egito. Moisés abriu as águas para que eles pudessem fugir com segurança para a terra prometida. O caminho contrário do que ela faz agora. De Israel para o Egito, com a segurança de quem olha tudo por cima, sem se molhar, sem se sujar de terra, sem derramar nenhuma gota de sangue. No avião, ela está confortável. Não há lugar para ela na terra, talvez também não haja no céu, a não ser ali, na poltrona 10J. Os turistas assistem cada um a seu filme particular, tranquilos com fones de ouvido. Mal sabem eles que ela carrega uma bomba dentro de si, que pode explodir a qualquer momento. O policial deve ter reparado que ela não era uma turista qualquer, que poderia bem carregar um explosivo dentro da bolsa de camelos. Alguém que não possui malas e não compra sequer um *souvenir*. Por isso ela foi interrogada. A polícia da fronteira de Israel é treinada, percebem qualquer mentirinha, sabem ler olhos, mãos, respiração. E por isso ela diz a verdade, quando o policial pergunta. Além da nacionalidade, a duração da sua viagem e quanto dinheiro está levando, Machamba conta para o guarda que o seu pai está morto, desde o dia do Elo Perdido.

38

Ela nasceu num mundo de velhos. Com nacos caindo aos pedaços. Com a avó enterrada em cemitérios que mudam de lugar, seus ossos paleontológicos vindos de Portugal. Ela nasceu num mundo onde havia um muro no meio do mato, levantado por homens trazidos como escravos. Talvez se ela o tivesse preparado. Se tivesse contado antes, talvez não tivesse sido assim tão drástico, porque ele só dava ataque mesmo quando as coisas saíam do planejado. O pai vinha de um tempo mofado, mas bem que se adaptava. Quando se acostumou com o jeito da mãe de sair assim, de repente, não dizia mais nada, ficava assentado na rotina. No escritório, com as moedas na mesinha do abajur. Balançando a mão para não atrapalhar a conta. Fazia calor e os óculos dele escorregavam na ponta do nariz. Lia muito o jornal e comentava as notícias. Conversava inteligente. Administrava a fazenda e suas duas meninas, a mãe e a filha, enquanto ia contando os casos de quando era interno no colégio dos padres. Do tempo em que seus pais arqueológicos ainda viviam. A foto dos avós na parede da sala, dois seres de outras épocas, outra seriedade e outra maquiagem. Nem pareciam ter sangue, os avós. Mas tinham sangue e intestino, e talvez também tivessem um coração tombado do peito. Como os corações gregos e os abraônicos, e dos homens de todos os tempos. Os avós também tinham aflições e pensamentos, mas sem fazer nenhum barulho. Como os sapos no fundo do rio. Descansavam agora em retratos silenciosos, que os tios guardavam em álbuns na casa da cidade, em Fiandeiras. O pai usava o mesmo sabão da infância para tomar banho. O mesmo para lavar as roupas, e o mesmo tipo de escova. Ele também tinha unhas do século passado. Havia se casado uma vez quando jovem, mas era como se isso nunca tivesse existido. Não nessa casa, nunca nessa vida. A moça morreu de doença, e não se sabe mais o que tinha acontecido. Falavam sobretudo do agora. Das laranjas e do cano da água da piscina, que caía lá embaixo, no tanque em meio aos pinheiros. Os tios traziam os primos para nadar aos domingos, e no mais o pai viajava a trabalho, para feiras e exposições. Ficavam ela e a mãe, os olhos entediados tentando ajudar na lição escolar da filha. Quando voltava, o pai vinha com presentes, carrancas de Pirapora, bolsas de palha dos índios Pataxós. E livros que enchiam as prateleiras, em meio aos Fascículos Bíblicos e as Enciclopédias das Antigas Civilizações. E, mesmo lendo aqueles livros, mesmo sabendo dos costumes que foram caindo borolentos pelo tempo, o pai continuou a olhar para o muro. Aquele muro feito para dividir, que havia no mato atrás da nascente do rio, um muro construído a mando de seus senhores por antigos homens feitos de escravos, trazidos em navios da África.

39

Cairo, Egito

E vai deixando rastros de mel e fuligem por entre os lixos do Cairo. Fuligem por causa da quantidade de fumaça do Tempo Pequeno e mel porque sim, foi bom e ainda há de ser bom de novo. Verdureiros fecham as suas barracas e voltam para casa. O bom sono da noite, até que venham as mesquitas acordar os homens para a reza da madrugada. Pelas janelas do táxi, ela vê o Egito das mulheres de véus negros e das universidades islamitas, dos prédios marcados por tempestades de areia, rachados por causa dos terremotos. O deserto ao redor se anuncia. Os grãos de areia que cobrem os edifícios são os mesmos que escondem as relíquias enterradas pelos monges copta, na época da Bíblia. Tesouros proibidos em tempos antigos, como os evangelhos apócrifos, agora são vendidos a milhões, no mercado internacional capitalista.

Naquele tempo, não havia as redes de *fast-food*. Nem arranha-céus ao redor da Praça Tahir. Mas as roupas persistem. São as mesmas vestes milenares pelas portas do metrô, o único metrô de toda a África, e aquele cheiro do velho e o barulho do novo, tudo ainda se mistura, e ela fica mais sem rumo, ainda mais barata tonta, fora do tempo antigo e do novo, longe de casa, com o coração pisado em meio a umas verduras passadas. As placas nos restaurantes vendem comida numa língua que ela não entende. Impossível de entender. Com outros códigos e curvas, poucos falam o inglês, sem contar o português, não tem ninguém para conversar. O Egito a esmaga por inteiro.

MACHAMBA

Ela não sabe o que faz aqui. Com sinceridade, não compreende mais o sentido dessa viagem, se é que teve sentido algum dia. Não veio atrás de um tesouro escondido. Combinou com Luís aquela jornada pelo mundo antigo, mas Luís se foi com Esponja Branca e isso é tão velho quanto as Enciclopédias das Antigas Civilizações. Nem sequer fica amarelado, tão antigo que dispensa a própria traça. Ela agora está solta nas águas e pronto, sem troncos para se apoiar, e a correnteza segue bem rápido. Os semáforos dizem: depressa. O couro velho do banco diz: depressa. Nada pede para que ela fique. De dentro do táxi, vê os vinte milhões de habitantes gerados nas terras do Nilo. Pensa quantas dessas pessoas nunca disseram a palavra: amora. Olha para os turistas que compraram tênis novos e vieram para o Egito, com a coragem de sair correndo por esse mundo afora, apesar de tudo. De chegar até ali e ver as igrejas copta, essa cena estranha com árabes de túnica rezando para Jesus.

Machamba é uma mulher sozinha no táxi. E isso não é bom por aqui. O feminino desgarrado, os olhares dos homens lhe dando facadinhas. O taxista deve estar cobrando uma fortuna em libras egípcias, nunca chegam ao endereço do papel que a moça do aeroporto anotou, e ela nem sequer pode se defender, é dona de um outro costume, uma outra língua. Pelo menos leva sua bolsa de camelos com pouca coisa, compra roupas por onde passa e larga as velhas pelos cantos, essa que ela veste agora, por exemplo, comprou no aeroporto do Cairo, tirou a outra no banheiro e por lá deixou.

Chegam no pequeno hotel no início da noite. No saguão tem um elevador com a porta de ferro tão pesada que assusta, afinal, gente que nem ela pode se assustar às vezes. Os olhos amarelos de um gato se perdem no breu de um andar, o escuro de cada pavimento esconde os escombros de um tempo antiquado. Sozinha, num país estrangeiro, do outro lado do globo, onde ninguém fala a sua língua, ela entra no quarto de cortina vinho pesada e sente uma vontade imensa de voltar para casa. Mas, como não tem casa para voltar, ela se masturba. Ali mesmo, sobre a colcha de hotel que já recebeu mais de mil e uma visitas. Ela estimula o seu próprio líquido para tentar esquecer, mas o gosto só a faz lembrar.

Naquela mesma noite, no restaurante do saguão, um homem chamado Ayman lhe vende passeios pelo Egito. Ele não se interessa se ela é homem, se é mulher ou se tem líquidos, ele só quer o dinheiro que ela tem. Recebe para aterrorizar os viajantes, fala da trapaça, das longas distâncias, do perigo de se andar sozinha pelo Egito, assim sem pacote turístico. Ela compra as pirâmides, o trem para Luxor e o passeio pelo rio Nilo. Paga e pronto. Só não quer ficar dizendo não, ter chateação. Quer conversar somente se for sobre as coisas do Tempo Grande. Por isso acaba fazendo amizade com uma austríaca, de um grupo de viajantes que janta ao seu lado. Ela conta que já percorreu todo o planeta Terra, e o lugar mais silencioso que encontrou foi no Himalaia. O Maior Silêncio do Mundo. Os olhos da austríaca são diferentes, escutam quem está falando, uma coisa muito rara de se encontrar, num corpo que ocupa um espaço fora do tempo. Além da própria morte e além de todo o sofrimento. Por isso ela resolve lhe contar, assim do nada, conta para a austríaca do seu buraco no peito, o coração caído num pasto qualquer. A austríaca diz que uma vez também perdeu o seu, procurou pelo mundo todo, mas ele acabou pulando ali de volta como um peixe, e agora nada no peito de novo. Quem sabe não vai também ao Himalaia procurar o seu? Lá onde a terra é mais perto do sol. E os monges passam o dia respirando. Mas isso ainda não. Ainda faltam as pirâmides, falta o sangue derramado e as pragas do Egito.

40

As pirâmides pareciam bem maiores nas Enciclopédias. Mohammed conta que a mais alta delas tem quarenta e nove andares de altura. Ele é o muçulmano que a leva de camelo pelo passeio, um dos muitos egípcios que ela vai conhecer com o nome do profeta Maomé. Conta também que o imperador Quéops da 4ª dinastia pediu uma tumba tão grande que cobrisse toda a luz do sol. Dois mil e alguns anos antes de nascer o Cristo, com cem mil escravos e dois milhões de blocos empilhados, eles demoraram vinte anos para levantar aquela pirâmide. Mohammed é o guia dos números do horizonte. E ela está se lixando para os números, o que gosta mesmo é de caminhar, quer ir a pé sozinha até as pirâmides, mas *no, no*, é impossível ir andando, *it's very very far*.

Eles então seguem de camelo pela planície de Gizé.

De todos os lugares por onde andou até então, é no deserto que a água fala mais alto. A garrafa de plástico em sua mão chama a atenção, ganha ares de tesouro. O azul do céu parece que molha a paisagem de areia, ela pode sentir as gotas do Nilo se evaporando pelo ar. As corcovas do camelo balançam a jarra d'água que ela própria é. Dois terços feita de água, nos olhos, na bexiga, água no sangue e na saliva. Ontem no saguão do hotel, no grupo de viajantes em que conheceu a austríaca, conversavam também dois garotos, contando sobre o mergulho em Dahbar. Na península do Monte Sinai, na fronteira com a Jordânia, o mar é um aquário, e os golfinhos e cardumes coloridos são os mais incríveis da Terra. Ela sente que o Egito é uma extensa faixa de praia. Lembra da vista do avião lá de cima, com a luz fresca do sol, o oceano transparente revelando os peixes e o continente sendo o próprio coral, numa atmosfera de vapor que é pura água.

Mas, quando olha ao redor, tudo é quente e árido.

Há algo de estranho no ar.

As três pirâmides de quase três mil anos vão se aproximando no horizonte. Vão revelando o sonho antigo do homem de ser maior, para o alto e para sempre, com a sede de poder nascida na gosma do seu estômago. Pirâmides, torres, igrejas, mesquitas. O homem perfurando o nada do céu, para que ele próprio tente se tornar mais puro. Os camelos também são jarras d'água, batendo seus cascos na areia com lentidão. De perto, as pirâmides se agigantam, mas ainda assim eram maiores nas Enciclopédias. Na Fazenda em Fiandeiras, o livro pesado sobre a mesa fazia sonhar com um mundo distante. A luz amarela da lamparina protegia da chuva lá fora, batendo na vidraça, e as pirâmides eram tão bonitas, impressas numa página aberta, dentro de uma casa, num vale escondido em Minas Gerais.

Mohammed puxa as rédeas dos camelos e pede para que ela desça. Machamba obedece. Ele também pede o seu telefone, para tirar foto dela em frente às pirâmides. Ela deixa que ele tire. Então ele a manda dar um pulo, afinal todos os turistas do mundo pulam em frente às Pirâmides do Egito. Mas ela não quer, ele insiste, *you jump*, com os dedos de calo apontados para cima. Não, ela não vai pular, saltar sorrindo, nem sequer sabe sorrir assim para foto, como os turistas chineses e as suas lentes da *Canon*. Um casal também pula, um rapaz e uma moça, que o Mohammed deles também manda, *you jump*. Ela salta de perna aberta igual ginasta russa, ele pula todo torto, porque também não quer sorrir de turista, mas vai lá e faz, pula errado por rebeldia, mesmo assim não merece perdão, por ter feito o que lhe disseram para ser feito. Por ter obedecido às regras, aquele homem moreno, como se estivesse vestindo a roupa que lhe mandaram.

Na Fazenda em Fiandeiras, ele também vestia a roupa do primo dela.

Uma camisa de botão, passada a ferro.

Machamba olha a divisão entre um bloco e outro da pirâmide. Pode ser que ela dance, que arranque a roupa num antigo ritual, talvez cante, caso se lembre da letra de alguma canção, pode ser que ajoelhe e chore, derrame água dos olhos, a gota mal encostará na areia e virará vapor. Mas pular, ela não vai. Só porque Mohammed mandou, não vai fazer o que disseram para ser feito, colocar a vida assim em gavetas. As gavetas de quem pula e quem não pula, de quem manda e obedece, de quem deve e não deve ser amado. Ela se deita no chão. De braços abertos, como Jesus na cruz, no calor da areia, ela estica as pernas e fecha os olhos. Um ou outro turista passa e olha e ela sabe disso. Sabe também que Mohammed virá para tirá-la dali a qualquer momento, *you jump*, deitar não. Pois que ele venha então, ela não vai se levantar. Vai permanecer. E não vai mudar de ideia, que chamem a polícia e as ambulâncias, porque ela não vai sair dali.

Mas Mohammed não vem. Ninguém vem para levantá-la. No mais, o silêncio do deserto. Tudo que se ouve é a imensidão do tempo que passa.

Até que uma pequena corrente de ar se aproxima. Entra pela barra da sua calça, arrepia as pernas, a barriga e o pescoço. Levanta os grãos de areia que pousam, aos pouquinhos, nos pelos do braço.

É o vento que vem anunciar o mês de abril.

É quando chega a *khamsin*, a tempestade de areia que transforma tudo em poeira, atrapalha o trânsito, o aeroporto e a navegação dos portos. Um sopro que arde sobre o Egito e tinge o céu de amarelo. As serpentes de areia começam a chicotear de leve pelo chão, e os grãos batem no corpo, querendo entrar nos olhos. Ela permanece deitada sob o vento que virá varrer as plantações de algodão e arrancar os papiros, encharcando as margens e enchendo o deserto de rio Nilo. A *khamsin* se aproxima no horizonte e, mesmo assim, Mohammed não vem para levantá-la. As águas invadirão as areias e assim será, mas ela não vai se levantar. Vai permanecer. Vai esperar você chegar para levá-la. Porque já está há muitos rios à sua procura, há muitas pedras. Já há muito tempo nessa enxurrada. E agora não tem mais forças para tomar sequer uma providência, nem fugir, nem nada. Vai esperar você vir para contar sobre o Elo Perdido, sobre o que aconteceu naquele dia, cada um para uma ordem das coisas. Foda-se, não importa, agora ela quer saber. E por isso abre os olhos para ver, para enxergar você nos olhos dos egípcios, que são os mesmos que os seus. A cor antiga de sua pele, desses homens milenares que nadam no Nilo, como você nadava no seu rio. Ela procura os seus nos olhos de Mohammed, mas eles se voltam para a tempestade que já vai chegar.

41

O rosto está molhado com o seu gosto porque ela teve a certeza por todo esse tempo de que nada o machucava. Pois o boi pisou no seu peito quando você ainda era uma criança, com a pata pesada sobre os seus ossos, e não doeu, nada em você se partiu, Daniel, nenhuma costela quebrada. E por isso você seria capaz de suportar todo o peso do mundo. Você que é mais antigo do que as ruínas e sobrevive. No Egito não chove, mas em breve irá chover. Depois da tempestade de areia, virá a chuva para lavar o ar, talvez chovam pedras como nas antigas pragas, talvez caia tanta água que o Nilo transborde sobre o deserto, e o dilúvio voltará sobre a terra, e os mares subirão com ondas gigantes e nada mais restará. Ela sentirá o primeiro fluxo molhando as suas pernas. Há muito tempo nessa corrente, talvez seja mesmo hora de o rio levá-la consigo, está cansada, agora tem trinta mil anos e não pode sequer se mover. Irá de uma vez por todas com a cheia do Nilo. Talvez seja o momento de afundar com as pedras redondas brancas polidas do fundo, junto com todos os sacos pretos fechados escondidos ali debaixo, deixar as memórias boiando no rio, nacos da sua história fétidos e nojentos soltos sobre a correnteza. As perdas e as más consequências. Ela nem sequer voltará para a superfície, assim será e ponto. Mangas e laranjas caem na terra e não há nada que se possa fazer por elas, a não ser devorá-las na hora certa. Acabar com a vida delas. De todo jeito, se o homem não come a fruta, o chão come, o mesmo chão que devora o homem. Mas, no fundo, ela ainda espera você vir tirá-la dessa tragédia. Salvá-la do tempo que desabou sobre suas cabeças. O pior de tudo é que vocês nem fizeram nada, Daniel, vocês só respiravam.

Mohammed olha o início da tempestade. Espera que ela se levante por si só. Os ocidentais com as suas esquisitices. Os turistas passam e partem com as areias, o deserto fica. Três cavalos trotam pela imensidão. Ela permanece deitada enquanto o camelo continua no seu tempo de camelo. Com as coxas fortes e a boca que mastiga, com a altura da sua antiguidade e a largura de suas narinas. A chuva de poeira se anuncia pelos céus e o camelo se ajoelha de frente para as pirâmides. Com seu colar de pompom colorido, caindo pelo chão. O camelo tem um manto vermelho sobre as corcovas, ele olha algo que é além das pirâmides, acima das tempestades, o camelo fita o infinito com a certeza de uma estabilidade acima de todas essas passagens. Aconteça o que acontecer, há algo que não muda, a permanência inevitável de uma força que a tudo rege e que fica, e o camelo sabe disso, vê algo que ela ainda não pode enxergar, mas confia.

42

Daniel veio num dia ensolarado, com cinto e camisa de botão. Roupas quase novas que os primos dela não queriam mais. Ele surgiu arrumado. De camisa passada e o cinto na calça jeans. O sapato engraxado. Fantasiado de adulto. Como se já fosse um homem. Ele já era um homem. Pensando no futuro, seus pais querendo que ele fizesse estudo, faculdade com boas notas, ele já trabalhava e estudava numa outra cidade. Há muito não se falavam. Há muito pararam de estar. Ele foi levá-la para casa numa sexta-feira, como combinado com o seu pai. Quando ela o viu, sentiu um ódio tão profundo, um nojo dele tão imensurável que acabaram se beijando. Não havia outra coisa a se fazer para acabar com aquele sentimento. Ou beijar ou bater. Dentro da camionete, eles deram um beijo. Não era beijo de bebedouro. Era um beijo que derrubava como um espancamento.

Ele a buscou no colégio em Fiandeiras uma segunda vez. Esperou na esquina, sabia que ela não gostaria que as colegas o vissem. Daniel a conhecia. Ele a levou até a fazenda e eles se beijaram de novo. Beijos de manga escondidos, do néctar que pinga das encostas da serra, eles se beijaram perto do celeiro dos porcos, como os primos e as primas do Rio de Janeiro. Beijos com gosto de lima. Beijos cheios de mel e de consequências.

Vinha sempre às sextas-feiras. Na véspera do seu aniversário, ele trouxe uma caixa de bombons. Deitaram-se embaixo da mangueira e tiraram a roupa. O que ela nunca entendeu foi por que a mãe dela não fez barulho. As folhas do pomar normalmente faziam *crec crec* sob os passos. E o despertador da mãe tocava todo dia às cinco, depois do cochilo da tarde. Mesmo quando ela não se deitava, o relógio soava pelos eucaliptos, soprava as folhas de agulha do pinheiral, podia-se escutá-lo até entre os pés de laranja, lá embaixo. O relógio tocava enquanto Machamba montava quebra-cabeças à tarde, na mesa grande da sala, com paisagens de vilarejos, os barcos chegando no porto e os marinheiros desfilando. Ele soava com uma música que lembrava o Natal, em qualquer época do ano. Matando aos poucos, com a mesmice da rotina.

Foi tudo muito silencioso.

Naquela tarde, o despertador não tocou. Uma vastidão sem-fim, os dois nus embaixo da mangueira, a fazenda calada, e o alarme não soou. Mas Machamba se lembra da cena com a música do relógio. Como se ele tivesse alertado o perigo. Naquele dia, ela teve Educação Física, jogou handebol com o short do colégio. Daniel foi buscá-la como combinado, ele vinha sempre às sextas-feiras, para passar os finais de semana na fazenda com os pais. Dessa vez trouxe uma caixa de bombons dourada, em forma de coração, com uma fita vermelha. Ela gostou e teve horror da caixa de bombons. Teve *irc* daquele presente. Nojo de que ele tivesse vindo mais uma sexta-feira. Horror que ele gostasse dela. Que ele pudesse gostar dela talvez mais do que se deveria gostar. Teve pavor do futuro. Porque era uma caixa de bombons muito simples, mais do que a criação dela poderia aceitar, e a criação de seus colegas filhos de fazendeiros em Fiandeiras. Ela teve raiva de ele estar arrumado com roupas que o primo dela não queria mais. Teve um horror tão grande daquela caixa de bombons que nunca esteve tão feliz por tê-la ganhado. Cansada e suada do jogo, ela se deleitava com tanto, nem sabia o que era cansaço. Nunca mais precisaria dormir, se fosse o caso, surrada pela felicidade e os bombons de chocolate. Foram andando pelo pomar e as folhas faziam barulho *crec crec*. As meias caídas sobre o tênis. A calça jeans de um lado e os beijos que retumbavam pela fazenda inteira, pelas fazendas vizinhas, talvez pelas Sete Partidas do Mundo. Ela se lembra de não ser mais criança, porque o desejo dele era o mesmo dos peões na boleia do caminhão.

43

Luxor, Egito

Turistas só viajam no trem de primeira classe. Foi o que Ayman lhe disse quando vendeu o pacote de Cairo para Luxor, a cidade no sul que guarda dois terços das ruínas do Egito. Em Luxor, senhoras europeias comem pombos com garfo e faca, bebendo chá ao lado de jovens nativos, na orla do rio Nilo. As carroças levam os visitantes pela costa arborizada, com bancos de jardim que olham sem pressa para as velas dos barcos. Ela caminha por entre as árvores com um corpo cheio de história, com restos de areia nos cabelos. Areia na calcinha e nos cotovelos. Daniel. Ela olha para as águas, enquanto atrás de si as mesquitas foram erguidas sobre os restos dos antigos templos. O homem sempre levantando mesquitas ou pirâmides, cultuando o poder dos tijolos, esses homens que há milênios carregam uma pedra na mão e uma mulher no coração. Em busca de encontros amorosos que perpassam todos os tempos, levando blocos no lombo e o desejo no pênis. A força da procriação. Os homens que erguem os hotéis cinco estrelas de Luxor param para vê-la passar. São os mesmos homens que subiam na boleia de caminhão em Fiandeiras, para a colheita das laranjas. Maior do que essa força, só mesmo o mistério de amar quem se deseja.

Machamba passou a noite no trem. Aquecida pelos Ovos Mexidos de sua própria Cabeça. Por toda a viagem, ficou com os olhos vidrados na janela, mas não sente sono, muito pelo contrário, nunca esteve tão ligada. Ela passa por homens pobres trabalhando para homens ricos, e todos eles desejando mulheres. Mulheres cobertas com véu, que serão escolhidas para se casar, de acordo com a cultura e o dinheiro de suas famílias. E o amor entrando por essas gavetas. Assim se erguem as cidades. Assim é Luxor. De um lado, hotel com piscina e ar-condicionado, do outro o lixo espalhado. Gente na rua pedindo dinheiro. As charretes com sacos embaixo, para que os cavalos não sujem as ruas com excremento. Não contaminem a luxuosa costa. Já nas entranhas da cidade, os tijolos ficam expostos nas ruelas, as casas são feitas pela metade, por falta de dinheiro para a porta, para o acabamento da janela. Com os fios elétricos e as lâmpadas aparecendo. Lembra o Brasil. Lembra a fazenda onde ela nasceu. Onde também havia a riqueza e a pobreza. Onde o amor também era obrigado a entrar nessas gavetas.

As mulheres da tarde em Fiandeiras vigiavam o tempo pela janela. Ali a falta de acabamento não chegava a ser um problema. A porta sem pintura. Não ter uma persiana. Tomar conta do tempo era sempre o mais importante. Problema só existia mesmo quando quem tinha janela com acabamento começava a amar quem não tinha. As mulheres do Egito também fiscalizam o tempo de suas portas, com o rosto emoldurado por um véu negro, seus olhos se movendo de um lado para o outro, para vigiar tudo o que acontece. Tudo o que elas conhecem. O tempo do mercado, da cozinha e da semente. As mulheres sentam-se em meio a largos tapetes coloridos e fazem suas rezas quando a mesquita anuncia. As filhas de Abraão se voltam para Alá.

Em Fiandeiras, as mulheres rezavam para Jesus.

Quando o sino tocava às seis da tarde, as senhoras seguiam para a missa com vestidos de flor. Rezavam as contas do terço para o Pai Nosso que estais no céu. O Pai, o Filho e o Espírito Santo. Amém. Depois voltavam para seus lares e seus maridos. Os homens passavam o fim da tarde no Bar do Lafa em Fiandeiras, bebendo cerveja e jogando porrinha, uma competição com palitos de dente, para ver quem ficava com o palito maior. Para sempre o desejo pelo maior, assim são os homens. Já os homens do Egito se sentam em bancos de madeira nas portas dos bares, soltando a fumaça do narguilé. Eles usam vestes maometanas e sandálias de borracha, não podem beber cerveja, mas tomam chá e jogam gamão.

Nos bares do Egito não há mulheres, como no Brasil.

Mas o desejo por elas é o mesmo, a despeito de túnica, turbante ou passaporte. Assim como as tomadas de energia. Por todos os lugares onde passou, as tomadas são sempre diferentes, dois pinos, duas fendas, dois tracinhos em pé e um deitado. Compram-se adaptadores para as tomadas, mas a corrente elétrica é a mesma. Também os braços dos egípcios são os mesmos braços de todos os homens.

Os mesmos braços que os seus.

Do corpo mais forte do mundo. Porque havia um boi prensando a pata sobre o seu peito e nada em você se partiu. Na noite da pata do boi, todo mundo tomou o terraforte. Foi a primeira vez que você bebeu. Joana colocou as ervas no fogo e preparou a bebida. O peão puxou a viola. Naquela noite na fazenda, não havia diferença, todos eram filhos da mesma terra, netos do mesmo céu. Todo mundo celebrando a vida. A sua vida. Comemorando a força que você trazia, a mesma que dá coragem para as frutas nascerem e crescerem, que dá a ousadia das pessoas viverem cada dia de uma vez.

A mesma força que espalha as abóboras pelo chão de Luxor. No oásis que é o Nilo, entre dois desertos, as frutas se proliferam pelos bazares, bananas, abacaxis, uvas e maçãs vermelhas, estaladas em meio a pashminas. Há galinhas debaixo das palmeiras, ciscando entre os sacos das especiarias. E os mercadores sentam-se no chão, com barracas de verdura que ninguém mexe, pois não existem assaltos como no Brasil, onde se roubam até as flores. Mas os pés de laranja são os mesmos. São os mesmos cavalos pastando no rio. Na beira do Nilo, a terra é feliz. A água ama o chão que gera as frutas, ela penetra no solo jorrando toda a sua ternura. Sem distinção de credo, raça ou cor. São assim os rios do mundo, sempre cortando a terra em duas fatias de felicidade, enquanto os homens cortam a si mesmos em duas fatias de dor. Ricos e pobres. Brancos e pretos. Colocando o amor em gavetas, uma imensidão dessas que nem sequer cabe nos corpos. Amor fatiado em dominante e dominado.

44

Pensando bem, até mesmo o Nilo separa a terra em duas margens opostas: o lado dos vivos e o lado dos mortos. Na margem dos vivos há muitos templos famosos, mas Machamba não se importa, pois está olhando para a outra margem, o reino dos mortos. É para lá que precisa ir agora. Remexer nos ossos, expor as múmias e trazer para a luz do dia tudo o que aconteceu. Segue em direção às tumbas dos faraós no Vale dos Reis, vendo pelo caminho a areia deixando sua marca indelével no mundo, uma fina camada sobre o asfalto, as casas, os cavalos e as roupas dos mercadores. Em Minas Gerais, na estrada para a Fazenda em Fiandeiras, o minério de ferro também ia tingindo toda a vegetação pelo caminho, deixando os carros vermelhos, os rios terracota, o ar sujo daquela poeira rubra, até que viessem as grandes chuvas. Porque lá em Fiandeiras chove muito, e o verde fica tão escuro que engole tudo o que se escuta. Qualquer pio de pássaro. Qualquer som ao redor, a mata absorve e silencia. No Vale dos Reis do Egito, não há uma árvore sequer. Mas a areia é tão antiga que encobre até mesmo o barulho das buzinas. Qualquer registro sonoro é abafado pelo tempo muito velho mesmo daquelas tumbas.

Assim, as rochas vão contando as histórias da morte. Sob a imensidão do céu, que não tem motivo nenhum para ser, e mesmo assim permanece, as rochas protegem os mortos através dos milênios. Com seu teto natural, feito de pedra macia, aquele vale cuida dos reis que desceram o Nilo em grandes funerais. Onde as carpideiras choravam sua passagem por dias a fio. Os faraós iam então morar dentro da montanha rochosa, em câmeras mortuárias, com corredores e pinturas pelos quartos, nas paredes e no teto. Com desenhos contando histórias de reis que governavam no mundo dos vivos, e agora são levados para Osíris, o Deus do Reino dos Mortos.

Machamba também caminha pelo mundo de Osíris. É onde precisa estar agora, escutando as histórias das paredes, assistindo a decoração dos ritos fúnebres. Osíris está sentado em seu trono, do outro lado da margem, só aguardando a sua morte. Antes não era assim. Antes o deus vivia no mundo dos vivos, ao lado da deusa Ísis, sua amada esposa e irmã. Mas seu irmão Set, casado com a também irmã Néftis, fez um caixão sob medida para lhe dar de presente, porque Osíris não podia ser rei, ser mais alto, forte e poderoso do que ele, isso Set não permitia. A eterna luta do masculino por tamanho, altura e poder, e por causa disso o sangue sempre derramado. Set trouxe o belo sarcófago e disse que seria de quem ali coubesse. Osíris se deitou para experimentá-lo, e então o caixão foi fechado com chumbo derretido e jogado nas águas do rio Nilo.

Ísis podia ter deixado. Podia ter aceitado que, aconteça o que acontecer, a mudança é inevitável. Mas não. Ela raspou os cabelos e seguiu o rio para o delta do norte, em direção ao Líbano e às terras do oeste, ou para onde quer que a sorte a levasse, onde quer que Osíris estivesse. Viajou com o peito rachado e o coração caído lá embaixo, sob uma neblina muito úmida. Atravessando o vale da noite, encontrou o caixão de Osíris enroscado num ramo de papiros, batendo na beira das águas. Ísis virou uma águia e inflou respiração no corpo do marido, o suficiente de vida para que eles gerassem um filho. Hórus. Mas Set veio de novo e partiu o corpo de Osíris em quatorze pedaços, que foram espalhados pelo rio. Todos foram encontrados, menos o pênis, que foi engolido por um peixe do Nilo.

Agora Osíris é o Rei dos Mortos. Ele é quem recebe os corpos de Ramsés I, II e III, de Tutancâmon e de tantos faraós desconhecidos. As paredes das câmaras subterrâneas ficaram em pé após enchentes e terremotos, e agora narram as histórias de homens muito antigos. Desenhos de rapazes com cabelos pretos lisos e corpos alaranjados, vestindo roupas brancas, com os pés virados de lado. Sobre suas cabeças, os hieróglifos contam a vida dos reis e o seu destino. São um outro código do dizer, com olhos, pássaros e cruzes, mas desde sempre lá estava o homem se expressando, querendo muito mesmo falar. Pelas escadas, alguns desenhos que não foram completos se espalham, *sketchs* traçadas na pedra, mas que não foram pintadas. O trabalho do artista interrompido assim, deixando Osíris sem cor, a Deusa Ísis sem asas, num rabisco inacabado. Deixando a história deles em suspensão, abandonada dessa forma no curso do rio.

O desenho espera que alguém venha desenrolar suas linhas. Desenroscá-las dos papiros, na margem dos aguapés. Machamba também espera que alguém nessa história toda esteja disposto a ir até os confins do mundo, até o fim dos tempos, e explique afinal de contas por que foi que essa merda toda aconteceu.

Explique por qual motivo você não ficou. Talvez o boi tenha pisado tão forte naquela tarde, com o estalo do chicote nas costas, que o seu peito tenha se partido e por isso você tenha ido embora, deixando os traços interrompidos. Talvez você tenha se rachado inteiro, em várias pequenas partes, e o peixe tenha comido o seu último pedaço. O peixe do rio em Fiandeiras. Nas águas de minério de ferro, perfuradas pelos raios de sol, o peixe negro nadava no rio. E, depois, nunca mais o que nem sequer aconteceu entre vocês dois. Nunca mais os beijos e os bombons de chocolate. Ela também deixou que assim fosse. Não raspou os cabelos e não seguiu para o delta do norte atrás de você. Deixou a história ser enterrada num saco preto, sob as pedras brancas redondas polidas do fundo. Para nunca mais nessa vida ter que se lembrar.

Do Elo Perdido.

Do dia em que você, Daniel, sumiu. Sem avisar para qual reino foi. Se foi para o reino dos vivos, ou se foi para o reino dos mortos. Em qual margem do rio você se encontra agora. Desde aquela tarde, nunca mais o seu cheiro de suor e silêncio. Ela se agarra a esse número de telefone enquanto é levada pelo rio. Prefere continuar na correnteza a saber notícias suas, prefere o rio do que nadar para uma das margens e descobrir se você foi para o outro mundo, ou se ainda respira no mesmo mundo que ela, no mesmo planeta, a mesma esfera de Pitágoras. Porque, se assim for, só lhe resta o horror. O horror de que os desenhos das antigas tumbas ainda possam ser completados.

45

Não havia sêmen, só havia sangue. E não havia sequer uma gota de chuva. Nenhuma lufada de vento. Só a fita vermelha pendurada na mangueira. Fazia calor e tiraram a roupa. Não que não quisessem fazer nada e não viessem a fazer. Mas a nudez acontecia de forma muito natural debaixo daquelas frutas. As folhas farfalhando lá em cima, num céu azul sem tempo. Era véspera do seu aniversário. Dois pássaros pretos cortaram o céu. Os pios deles anunciando a mudança pelos ares. Quando o pai chegou, o olho dele não tinha água de emoção. Tinha tremor de raiva e duas espadas. Veste a roupa e vem pra casa. Foi um minuto em que tudo entrou por debaixo da terra. Quando a queda se abriu pela primeira vez e desabaram as cataratas no peito, houve um grande estrondo. Não, na verdade, foi tudo muito silencioso. Ei, rapaz, você fica. E nada mais se ouviu. Nem o farfalhar dos eucaliptos. E nem o reloginho da mãe a soar pelos ares *naranam nanam...* que despertava todo dia às cinco da tarde. Ela vestiu a blusa e colocou o short do avesso. Por muito tempo, não percebeu isso. Que o short tinha ficado ao contrário. No céu azul parado e sem nuvens, não havia gotas, mas ela se lembra da chuva. Choveu sim, no Dia do Depois. Ela se lembra da chuva no dia seguinte, em cima do caixão, lembra-se da casquinha do machucado e do cheiro molhado do gramadão.

46

Rio Nilo

O menino gira uma boia pelas margens do rio Nilo. A mesma boia preta de borracha da piscina em Fiandeiras. Quando vinha o vento, a boia estacava na borda e os girinos se escondiam ali. Os meninos nadam, pulando em telhados da beira, com os mesmos pulmões que você nadava. São meninos meio corcundinhos, entre os galos e as galinhas, eles saem aos montes das casas de tijolos, correm pelas portas árabes e entram no rio de short. Há muitas palmeiras na margem do Nilo. Um homem passa a mão num burrico, que fecha os olhos. No mais, só a plantação do algodão, e também os mosquitos nas orelhas dos búfalos, no alagado dos aguapés.

No cruzeiro de barco, que comprou com Ayman lá no Cairo, dorme-se bem e come-se bem, deitado em almofadas como faraós. Há alguns europeus no barco, mas ela está de costas para eles, olhando para a margem do rio, esperando apenas a cheia começar. E o dilúvio que cairá sobre a terra. No Egito não chove, mas hoje vai chover. Depois da tempestade de areia, a água irá desabar para limpar a sujeira. Irá encharcar as roupas nos varais e trazer para dentro os meninos, que brincam lá fora em sacos de construção. As casas ficarão pela metade, pois dessa vez a água vem para destruir. Vem para cobrir as portas de arabesco, inundar as caixas de ar-condicionado, vem para levar consigo as bolas de futebol que foram esquecidas pelos cantos.

Os turistas conversam sobre o câmbio, mas ela olha para o rio.

Os homens do barco também percebem a movimentação das águas. Com pescoços escuros e dobráveis, usando turbantes brancos, os egípcios têm olhos antigos e a barba por fazer. Olhos que talvez estejam lendo no rio a fúria que está por vir. Os sapatos de um casal no chão do barco logo serão encharcados. Assim como aquelas canoinhas egípcias no horizonte. Faz calor no Egito. Os bois chafurdam na margem pastosa das bordas. No ar se lê que algo vai terminar, e outro algo vai começar. Como no dia do hospital. O dia do quarto branco da janela branca no silêncio branco. O ponto eleito pela história dos fatos. Agora não tem mais volta. Ela já desce o Nilo em direção a você. Quando chegar lá embaixo, não terá mais como ir para trás, será o fim da viagem. E terá que puxar o leme. Será o fim da jornada pelas Antigas Civilizações. Por isso espera que as águas subam. Olha para o rio e torce para que o dilúvio venha e acabe com tudo e que a vida possa ser criada de novo com menos erros. Mas ela ainda não sabe onde foi que errou. Nem sabe se errou. E nem sequer sabe se os outros erraram. Sabe apenas dos fatos e os fatos dizem que é isso mesmo: a mãe viu tudo, foi lá e contou para o pai.

47

A noite chega e o barco para numa fogueira. Ainda não choveu, mas vai chover. Um outro barco já está ali ancorado, com mais um e outro europeu, um e outro par de sapatos para chamar de meu. Os beduínos tocam as suas músicas ao redor do fogo. Há bandeirolas coloridas pelos céus, como nas festas de São João no Brasil, quando se pulam as fogueiras. Não, obrigada, ela não quer conversar, só quer olhar para as águas e ver o dilúvio chegar a qualquer momento. Quando vier, virá bem rápido, vai chover chispas, quando a labareda encontrar o céu, cairão saraivas de pedras de fogo e gelo, como nas antigas pragas. As pessoas conversam sobre vinhos egípcios e o fator de proteção solar. O mundo tem gente demais e tudo que ela quer agora é o silêncio. Ela ainda espera você chegar, antes que o céu desabe. Ela jura que está sentada aqui, de frente para o rio Nilo, só esperando você aparecer. Pegar um barco a jato, atravessar os oceanos e os desertos, surgir em qualquer esquina. Por entre os egípcios fumando narguilé, as crianças brincando nos tijolos. Por entre as mulheres cobertas de véus negros sobre os tapetes da reza. Ela espera você surgir de um carro qualquer, de uma porta de arabesco azul, não importa como nem onde, ela espera você aparecer. Se você ainda vive no mesmo planeta que ela, na mesma esfera de Pitágoras, ainda há uma chance, você pode vir sim.

Machamba caminha em direção às águas.

O rio lambe os seus pés. A cheia do Nilo parece que começou. No Egito não chove, mas hoje vai chover. Cairá uma chuva torrencial, como nunca se viu antes. Depois da *khamsin* varrer o país de vento e poeira, as águas virão para inundar as areias. As pragas ressurgirão. A água ficará vermelha e os sapos fugirão do Nilo, haverá a morte dos primogênitos e os piolhos. Por isso as mulheres rasparão as cabeças como a deusa Ísis, atrás de seu amado Osíris. As águas do Nilo já invadem as canelas, a barra da sua calça já começa a molhar.

 Seu nome será o último que ela vai dizer, antes de ir embora com o rio. Você dormia um sono sem sonhos. Ela vigiava o seu umbigo com a certeza de que o Amor não cabe nos corpos. Não cabe nas tardes. Nos dias cabem apenas os sofás e as persianas, nunca ensinaram o Amor no grupo escolar em Fiandeiras. Nunca o colocaram num pote de vidro da aula de Ciências. Só se descobre que ele existe quando se conhece a falta dele. Num vidro que espatifa dentro do peito. Quando há o escuro e a única coisa que resta é o medo. O medo atômico que ela tem daquela mulher. Um pavor radioativo de ela aparecer de novo e causar mais uma vez as perdas e as más consequências. Colocar chumbo em você e largar o seu corpo de Osíris no rio. Transformar tudo em errado, tudo em pecado. Contar tudo para o pai. Cada palavrinha venenosa daquela faz a vida ser ruim, mata, e isso ela aprendeu com as plantas, os cavalos e as laranjas, que nunca comentaram nada, ficavam lá calados, caindo das árvores e cruzando com as éguas.

 A água do Nilo já cobre os joelhos. Os beduínos continuam na fogueira, ela espera você vir e agora mais do que nunca. Porque a mulher já chegou. Nem sequer foi chamada, mas chegou. Já está ali, debaixo daquela palmeira, escondida, só observando. Sempre observando atrás das árvores, com seu despertador a tocar pelo horizonte. Ela parece fazer uma oração, sua feição está triste. Não feia, apenas quieta. Torce para que não seja ela, mas é. Reconhece a sua sombra miúda no chão, para sempre engessada no tempo.

O Nilo sobe até a altura da cintura, a mulher vem das árvores e se coloca logo ali atrás, com os olhos de fogo e o bafo gelado em sua nuca, nas costas e nos ombros, nas axilas e nos recônditos do braço. Ela sopra *uuuuh*. No Egito nunca chove, mas nessa noite sim. Trovoadas e relâmpagos no céu anunciam a chuva de fogo e gelo que virá. A mulher assopra a sua cintura e paralisa o seu corpo. As águas já chegam na altura dos seios e ela agradece que o rio os levará consigo. Os mil peitos cheios de leite que ela poderia ter entornam na água e deixam o Nilo viscoso. A mulher continua a congelar o seu ombro. Chegou antes de você em Luxor. Para arrancar, separar e matar. O rio já na altura do pescoço e você que não chega nunca, agora o bafo gelado dela endurece a nuca e não há mais volta. Apenas os olhos de fora e talvez a sua última cena seja olhar essa mulher perversa acabar com tudo. Os olhos entram nas águas e ela então vê que não é um monstro, mas sim uma mulher triste e miúda a chorar lágrimas de gelo, com o peito arrombado e o coração também caído em alguma esquina dessa vida. Mas agora já é tarde demais.

O rio por fim cobre os seus cabelos. Serpentes negras que dançam pela superfície das águas. A lua cheia ilumina nuvens pesadas, o trovão anuncia a chuva e os turistas vão se deitar no barco. Em camas branquinhas com travesseiros. Ninguém reparou que ela não está no seu retângulo. Que ela não pertence mais a esse tempo, o tempo dos lençóis e das persianas. Aliás, nunca pertenceu. O que resta dela são apenas essas borbulhas da superfície.

O último fio de som dos tambores dos beduínos.

E, depois, o silêncio que fica.

É quando você aparece. Surge de uma esquina, em meio aos últimos egípcios. Você se senta na fogueira e a espera sair do rio Nilo, arfando com socadas de ar no peito e os cabelos ensopados. Ela agora está sentada ao seu lado e vocês se olham. Não, ela olha para a frente. E ficam os dois olhando para o fogo. Vendo os filhos de Abraão queimarem os seus últimos galhos. Todos esses troncos se metamorfoseando em cinzas na Cantareira do Fogo. É isso o que vocês fazem. Olham em silêncio para a fogueira dos beduínos. Dessa vez, ela não esconde que treme. As gotas grossas de chuva começam a cair sobre o Egito. A água então desaba em cântaros, os arroios descem os montes de areia pelos vales estreitos do deserto. A tempestade que entorna sobre o Egito encontra o fogo e forma gotas incandescentes pelos ares. Depois, tudo se acalma. É só mesmo a água que vem para limpar o ar. Vem para lavar os rastros dos desenhos incompletos, vem para enxurrar as histórias de amor há milênios contadas nos papiros.

48

O pai jantava calado. A mãe também, com um lacinho violeta enfeitando a blusa. Permaneciam mudos por causa disso que não era nada. Coisa de ser quase criança. Mas com pelos. Eram seis horas da tarde. Jesus na parede tinha os olhos para baixo. A Nossa Senhora olhava para si mesma com os olhos bovinos. Os dois calados em meio às africanas de turbantes coloridos, que sorriam durante o tempo todo. Elas devem ter colhido boas sementes naquela tarde. Gerado filhos que brincam na terra. E os homens devem ter trazido boas caças para o jantar. Joana deixou tudo pronto naquela noite. Ela não se lembra do que jantavam. Tentava comer com o rombo aberto no peito. A estrada que jamais se fecharia. A linha expressa de um trem que passaria uma única vez pela fazenda e levaria todos embora. O sino da igreja tocava em Fiandeiras, já anunciando a hora de partir. Uma coisinha à toa, um estrondo de crepúsculo, o meridiano de Greenwich chegando para dividir o mundo em dois tempos. O Tempo Grande e o Tempo Pequeno.

Desculpa, pai.

Fazia calor. A grama molhada tinha deixado a terra grudada nos cotovelos. Vestígios daquela tarde. Era véspera do seu aniversário e ela ganhou uma caixa de bombons. Comeram chocolates e penduraram a fita vermelha no galho mais baixo da mangueira. Simples assim, mas ele não quis saber.

Desculpa, pai.

Um preto, um peão! Ele gritou com a boca cheia de comida. Com a mão ainda ardendo do chicote. Não criei filha minha para se engraçar com crioulo. A mãe calada olhando para baixo. Nossa Senhora triste com os olhos bovinos. Debaixo da árvore, Daniel dormia um sono sem sonhos. Ela, de olhos abertos, cuidava de cada detalhe do seu silêncio.

Desculpa, pai. Ela, pediu pela terceira vez, como se uma só já não fosse demais.

Costelinha de porco. E batatas assadas.

Era isso o que comiam durante o jantar.

Um preto, um peão.

O pai mastigava com raiva. Duas espadas cruzadas no meio da testa.

Ela amava Daniel por causa de tantos pedacinhos. Por causa dos pequeninos furos onde nascia cada pelo de barba, e o umbigo caramelo onde as gotas de suor desciam em redemoinho.

O pai insultou ainda mais uma vez. Até que começou a engasgar com a comida na boca. O pescoço foi ficando vermelho. O mesmo onde ela se dependurava quando pequena. Na mesma época em que Daniel ficava pulando do lado, que o pai gostava demais dele, iam juntos de camionete até o capinzal. Caminhavam os três em meio ao capim que alimentaria os cavalos. De vez em quando, o pai lia as Enciclopédias das Antigas Civilizações para os dois, nas tardes de sábado, sentados na escada de cerâmica portuguesa de frente para a piscina. O pai também gostava que ele estudasse no grupo em Fiandeiras, e que virasse doutor um dia.

O que Daniel podia:
- subir na camionete, andar a cavalo, correr no gramado.

O que Daniel não podia:
- nadar na piscina, entrar na casa sem pedir licença, almoçar na mesa com eles.

E não podia nunca nessa vida tirar a roupa debaixo da mangueira junto com a sua filha.

O pai engasgando começou a ficar roxo. Tentou tossir e jogou o guardanapo no prato. A mãe se levantou para acudir, mas nem deu tempo. Ele saiu correndo e trancou a porta do banheiro. Ela não sabe por que ele fez isso. Por qual motivo se trancou no banheiro. Ela e a mãe bateram na porta. O pai lá dentro silvando, puxando o ar sem poder respirar. Até que se ouviu uma pancada, o barulho de produtos de beleza caindo no chão. E, quando o pai silenciou, a mãe começou a gritar. Saiu correndo e abriu a janela, chamou Joana, gritou por João. Já ela ficou paralisada na porta do banheiro. Caiu ali de joelhos no chão. E começou a rezar. Para Jesus, para Nossa Senhora, para quem quer que estivesse ouvindo, pelo amor de Deus, seja Ele ou Ela quem fosse. Pedia para que não acontecesse nada com o pai. Para que aquela agonia toda passasse e o pai voltasse para a sala de jantar. Comendo costelinha de porco com os dedos brilhantes de gordura, enquanto falava da sua infância no colégio interno. E do bolo que a mãe faria no dia seguinte, para a festa do seu aniversário, quando o Doce do Doceiro viria trazer os brigadeiros. Ela rezou para que tudo ficasse bem. Começou a gritar, pai, eu sou virgem, pai, como se aquilo fosse consertar alguma coisa. Aquilo fosse perdoar a fúria dos céus, fazer Jesus abrir os olhos e o pai abrir a porta do banheiro. Mas uma farpa se levantou do chão e rasgou a pele do seu joelho. Um filete de madeira que se desprendeu de uma tábua. A pele saiu encaracolada feito sorvete, feito casquinha de lápis. E, quando o sangue finalmente derramou no chão, ela teve certeza de que nada ficaria bem.

49

Sempre que tenta se lembrar, descobre que desde muito antes a mãe já não falava. Nem com ela nem com ninguém. Só no telefone com as amigas, enfiando os dedos nos furos das almofadas. Ela nem sequer se lembra da sua voz. Fumava atrás de seus estudos de Geografia e Matemática, quando havia as provas do grupo em Fiandeiras. A paz de Deus, que excede todo o entendimento... essa paz que não guardava nada, ficava jogada lá em cima da máquina de costura, num quadro velho bordado à mão. A mãe aflita no marasmo daquela fazenda, só mesmo fugir de carro, sair correndo com os cavalos. Depois, até isso parou. Ficava chorando escondida no quarto, que nem uma menina zangada. Sentava-se calada na mesa do almoço, arrumada de gravata-borboleta, como se viesse uma visita para arrancá-la daquela vida a qualquer momento. No Dia do Depois, continuaram a vir os tios e as tias. Vinham os primos e as primas do Rio de Janeiro. Todos perguntavam se ela dormia bem, comia bem. Mas todos sabiam que nada ia bem. Debaixo dos cílios deles, Machamba percebia isso. Até que um dia a mãe avisou que iam se mudar. A família venderia a Fazenda em Fiandeiras para os freis beneditinos. E as duas iriam para a cidade da mãe, morar com a tia em Juiz de Fora.

Mas Machamba não foi. Seguiu para outros rumos.

Foi morar no apartamento não seu com janela não sua.

Foi para Belo Horizonte, fazer vestibular para Geografia.

A mãe só vinha para os aniversários, fazer bolo de festa. Bolos muito brancos com chantilly ou bolos muito pretos de chocolate. Durante a faculdade, também vieram os pais de Luís, com pratinhos de papelão no colo. E às vezes vinha Joana. Contava da fazenda, dos freis que nunca apareciam. Contava do mato crescido na cerâmica portuguesa, do sapo amarelo que foi embora da piscina. Dos cavalos que eram vendidos e do frei comprido que vinha só de vez em quando, resolver burocracia. Vamos transformar tudo isso aqui num colégio interno, dizia ele. Contava das janelas fechadas com ferrugem e limo, das beliches amarelas descascadas. Que não havia o mesmo tanto de trabalho, e nem o tanto de alegria. Dormiam abraçadas, ela e Joana, conversando sobre tudo, menos sobre o Elo Perdido. Quando o pai caiu nos azulejos laranja do banheiro, por trás de três centímetros de madeira da porta. João veio e arrombou a fechadura. O short ficou do avesso assim, o tempo inteiro, com um selinho pendurado de lado, marcando a linha que dividiu o Tempo Grande e o Tempo Pequeno. Quando João abriu a porta, o pai ainda respirava, chamaram a ambulância, mas a estrada tinha buracos por causa das grandes chuvas, e quando chegou o socorro o pai nunca mais usaria a calculadora embaixo do abajur. Nunca mais o aceno para ela na esquina do grupo em Fiandeiras, nunca mais a leitura nas tardes de domingo. Jamais as Enciclopédias das Antigas Civilizações. Ficou somente essa estrada, o mato aberto a picadas de foice no meio do peito. Um rombo da raiz dos cabelos até a ponta dos pés, por onde desceu uma água fria que se congelou e a dividiu no meio, separando o Dia do Antes do Dia do Depois. E, quando o gelo que a partiu fez seu último *crec*, o coração se soltou do peito e caiu lá embaixo, numa esquina qualquer. Era a respeito desses assuntos que Joana não falava. Do dia do *strike*, quando cada um foi para uma ordem das coisas. Nada dizia sobre o pai enterrado no cemitério em Fiandeiras, ao lado do mercado de flores, e muito menos sobre o sumiço de Daniel.

50

No mais, sobre o Egito, só mesmo esse par de tênis novos, que agora já são velhos, num canto do barco. E Machamba continua a descer pelo rio até o porto, quando termina a travessia do Nilo, em meio a turistas que nunca se lembrarão dela, ou se lembrarão para sempre. As árabes de véu das beiras acenam e ela também acena com as mãos enrugadas, o pino de metal enferrujado do braço, as unhas moles do banho de ontem. Há Ovos mexidos espalhados pelas areias do Egito, esquentando sob o sol da manhã. Gemas nas palmeiras, claras pingando nos aguapés, nas borras de café e nas profecias. Depois da chuva nasce um céu muito silencioso sobre o rio. Que lava as faixas verdes em volta... e repara, o ar espanca macio agora. Os peixes nadam expostos. Os pães são abertos e os vinhos sorvidos pelos tripulantes do barco, deitados em almofadas de faraós. Enquanto as mulheres das margens continuam suas vidas, chamando os filhos para o almoço.

PARTE 3

*"O tempo é a imagem móvel
da eternidade imóvel."*
Platão

TEMPO GRANDE

51

McLeod Ganj, Índia

Existe mesmo o silêncio? Machamba compra roupas em suas muitas possibilidades. Compra tecidos coloridos sem motivo, talvez para ir deixando de ser invisível, já que há muito tempo um caminhão a derrubou no mato e ela ficou achatada, como nos desenhos animados. Por muito tempo se misturou às paredes dos lugares, somente deixando pelos ares o som agudo de um metal que tilintava no osso do seu braço. Hospedou-se num terraço no sopé da cordilheira do Himalaia, nas terras onde os tibetanos chegaram certa vez em boizinhos iaques, fugidos do Tibet. Eles vieram para a Índia ficar somente o tempo de a China recuar, a poeira baixar, talvez cinco meses, quem sabe cinco anos, mas lá se foram mais de cinquenta e o desejo de poder nascido da gosma do estômago de um homem muito antigo ainda continua.

E vai continuar.

Machamba ajuda a dona do terraço a cuidar do jardim. Arranca os matinhos que crescem, para não sufocar as ervas que brotam em latas vermelhas de óleo, de frente para as cordilheiras. Numa das latas, há um pé de laranja kinkan. Ela usa galochas de borracha para trabalhar nos canteiros. E sente-se muito perto de alguma coisa, usando galochas assim, e nem sequer é de Fiandeiras. Não sabe perto de quê ou de quem. Às vezes perto de Bruno. Outras de Suzy Lou e das Quenianas, e também de Cecília e do velho que a tirou do mato. A maior distância entre um ponto e outro é o próprio ponto. No universo dobrável de Einstein. Sente-se muito próxima de cada um, espera um dia poder contar isso a eles.

Os monges de manto vinho acordam antes de o sol nascer. Eles caminham ao redor do templo, girando as rodas de oração que levam o *Om mani padme hum* dentro, suportes coloridos que guardam o antigo mantra sagrado. As rodas tilintam pelos quatro ventos e tomam conta do mundo, sem que o próprio mundo saiba. Quando o sol se levanta, Machamba come o pão tibetano, que vem embrulhado num pedaço de jornal em uma língua diferente, mas com as mesmas notícias de sempre. Depois caminha pela rua principal da pequenina McLeod Ganj. Anda sob os fios de telefonia expostos, em meio aos telhados budistas, telhados bonitos e dourados, voltados para cima. Na rua há pashminas, tapetes, *lan houses,* licores, *change money* e chocolates. Ela sempre compra alguma roupa que acha bonita, para um dia presentear alguém. Gosta que o silêncio do Himalaia seja assim, vivo, colorido e barulhento.

O sol aquece as pessoas que vêm logo pela manhã se prostrar nos pátios do templo logo ali embaixo, no fim da rua, onde o líder do povo tibetano mora em seu exílio. Num terraço, o manto de um monge seca no varal, ao lado de um lenço amarelo e uma camisa xadrez. Uma camisa daquelas quentinhas, azul e marrom, feito as que se usavam na fazenda para andar a cavalo. No mais, as montanhas ao redor continuam silenciando *ooom*.

Quando chega o fim da tarde, os monges começam a sair de suas tocas para mais uma *kora*, o percurso sagrado ao redor do templo. O sol vai escorregando pela neblina que cobre toda a Índia. É quando o Himalaia fica vermelho. Quando a luz entra filtrada pelos furos dos telhados das casas. Os raios alaranjados descem pelas paredes de madeira e se deitam em colchas coloridas, onde mulheres tibetanas penteiam cabelos compridos, que vão até a cintura. Depois disso, o sol se afunda de vez naqueles chumaços de nuvens. As bandeirinhas tibetanas escurecem. O horizonte emite um som grave pelas montanhas. No momento em que os primeiros pinheiros estremecem. É quando a austríaca devia escutar o maior silêncio do mundo.

É nessa hora que ela vai telefonar.

Caminha pelo bosque atrás do templo. Macacos de pelo louro e cara vermelha agarram os próprios pés. Eles esperam a noite, assim como os camelos do deserto esperam a tempestade. Ela se preparou, comprou crédito e tudo. Ela também esperou. A hora certa da manga cair do pé. Do cavalo crescer e criar músculo. A hora de cada coisa acontecer. Machamba se senta em um banco no meio das árvores, de frente para as cordilheiras do Himalaia.

O mundo tem muitos bancos e muitas pessoas sentadas neles com telefones nas mãos. No Tempo Grande não havia os telefones. Mas as saudades sim. Sempre houve pessoas sentadas nos bancos dos jardins com saudades nas mãos. Com possibilidades de mudança entre os dedos. Com buracos no meio do peito. Não são muitas delas. Pessoas nos bancos dos jardins que podem transformar as coisas, porque não têm mais medo. Ela disca o número porque quer falar. Ela quer muito falar.

Do outro lado do mundo é domingo de manhã. Do alto do Himalaia, o sol já desceu para o fim do dia e tingiu a vida de encantado. Em breve, os monges começarão a girar as rodas de oração vibrando o *Om mani padme hum* pelos quatro ventos.

Ó gota de orvalho na pétala do lótus.

A onda de telefone atravessa os continentes. Passa pelas correntes circulares da navegação do oceano, pela arrebentação, a onda penetra a terra, atravessa estradas e montanhas, a onda gira junto com as bolas laranja dos fios de eletricidade. Antes de entrar numa casa. Num aparelho. Antes de ela ouvir uma voz:

— Alô.

— Oi.

— Quem é?

Ela diz quem é. Joana atende em pé na cozinha, com suas meias para varizes. A luz do sol, que aqui já se foi, é a mesma que lá vai chegando pelos vales, acordando os bois e as vacas. A vaca cega já morreu faz tempo. A voz de Joana tem cheiro de leite. Cheiro do café passado agorinha, que atravessa as cortinas de chita, essas cortinas que são suas, em janelas suas com vistas que lhe pertencem. Joana escuta o seu nome pelo telefone, na casa do caseiro lá embaixo, onde ela e João ainda vivem. Nessas moradas distantes do mundo, nas Minas Gerais, nesses grotões de terra do Tempo Grande, Joana se emociona e diz que há muito tempo ela não dá notícias, que a mãe dela anda preocupada, ela assim sumida desse jeito. A mãe vai se casar de novo, Joana conta que ela ligou convidando, vai morar com o namorado novo. Machamba escuta aquela voz tão familiar, que acabou de acordar da colcha embolada, querendo saber onde ela está. Talvez ela e João nem tenham ideia de quão distante seja a Índia. Talvez a Índia nem seja mesmo assim tão longe. Joana pede para ela ligar para a mãe, ela diz que vai ligar. E, no mais, o que conta? Então Joana fala das cercas que foram pintadas. Do caminho de cimento que se abriu para a piscina, fechada pela metade agora, colocaram gramado em cima das águas, vão fazer um campinho de futebol. Conta que os freis vêm às vezes verificar as obras, que há patos, galinhas e o nome foi mantido, Fazenda em Fiandeiras. Que, de vez em quando, os meninos do colégio dos freis vêm para a colônia de férias, durante os feriados dos Santos. E que no mais é isso mesmo, o mesmo silêncio. E os mesmos barulhinhos. De vez em quando o pássaro que pia puro. O mesmo estalo dos grilos. Pois, aconteça o que acontecer, isso não muda há milênios. É o mesmo murmúrio do rio. Conta também que sua filha Laura cresceu e que João agora usa muletas, com problema de dor nas costas.

E, antes mesmo que Joana continue, ela escuta a respiração ali no fundo, por trás da linha. Aquela mesma da outra vez, quando a barriga subia e descia, com o ar que entrava e saía. Ligou justamente para saber que ele agora não é mais um menino. Que ele agora é um homem. Daniel voltou e está ali do lado, dormindo um sono com sonhos. Vivo num mundo cheio de possibilidades.

A mangueira está lá até hoje. Nela pendurada uma fita vermelha. É ele quem administra a fazenda agora, tocando as obras dos freis. No Tempo Pequeno mora o telefone e no Tempo Grande mora o tempo de todas as coisas se encaixarem. Onde, aconteça o que acontecer, há sempre uma tendência à ordem. Elefantes que voltam para morrer onde nasceram, plantas que se viram para a luz do sol. Onde mora a mangueira sob o céu parado e quem sabe as conversas que eles terão sobre tudo que ela viu e tudo que ele viveu. Joana pergunta quando ela volta, ela diz que ainda não sabe, mas espera que seja em breve.

52

Ela cresceu num mundo de velhos. Num espaço já antigo, com ruínas que caem a todo momento, e todas as histórias já foram contadas nas Enciclopédias. Ela toma um chá de mel com limão no terraço tibetano e depois leva a xícara para as cinco bacias, onde as vasilhas são lavadas. Coloca na primeira bacia, que tem bastante sabão, depois na segunda, com um pouco menos, e assim por diante, até enxaguar a xícara na água limpa da quinta e última bacia. A mesma água que desce pura das corredeiras do Himalaia. Depois caminha até uma pequena cachoeira que banha os arredores da vila, formando um poço de pedras acinzentadas, onde as crianças tibetanas nadam. Pela estrada, mulheres indianas de sáris brilhantes carregam blocos sobre a cabeça. Para que os homens continuem a construir mais casas, templos e prédios.

O mundo é uma coisa muito perto. As Antigas Civilizações são mesmo recentes.

Ela chega no poço. O céu é o mesmo de sempre. Há também as cabras que passeiam em cima dos telhados das casas, e uma velhinha tibetana com um único dente na boca. Um dente que sorri como sempre sorriem as senhoras das margens. A velhinha organiza as pedras da borda, para gerir o curso da água. Dois garotos, um menino e uma menina da mesma idade, brincam na beira d'água. Todas as histórias já foram contadas, não há nada de novo, mas mesmo assim ela quer dizer. Quer contar para aquelas crianças sobre o lugar onde nasceu, no meio de um grotão de terra lá em Minas Gerais. Onde havia uma piscina de água corrente vinda do rio, com pedras brancas redondas polidas no fundo, em que às vezes aparecia um peixe. Quer falar dos cavalos que corriam durante o dia e dormiam em baias durante a noite, a lua cheia sobre os capins. Lá onde os homens não usavam mantas cor de vinho, mas botas e curativos nos dedos, por causa das mordidas dos mangalargas. Onde havia um menino com o mapa-múndi desenhado no umbigo caramelo. Quer contar que uma vez um boi pisou no peito dele, para ver o quanto ele aguentava o peso do mundo. E o peito dele se quebrou, como se quebra o peito de todos os homens. Que, debaixo da mangueira, ele agora dorme um sono com cicatrizes de chicote, da surra que tomou uma vez. Quando já era quase um homem. Só por ter amado alguém. Ela quer escutar daquela senhora tibetana de um só dente na boca, sobre isso que é isso mesmo, que os dentes continuam a cair e a doer no Tempo Pequeno, onde mora a passagem do tempo. No Tempo Grande mora o momento que só acontece agora, as crianças nadando no poço, onde também moram as mangueiras. Onde moram os leões deitados que olham rios na África. O céu é o mesmo de sempre. As cabras passeiam nos telhados das casas. Ela olha a velhinha gerir as pedras da borda, que suportam o movimento das águas, pedras cinza pontudas molhadas. E então, finalmente, vê dentre elas uma pedra bonita caída ali, de pontas arredondadas, uma pedra que mais parece um coração, escondida em meio a um monte de outras pedras.

FIM

DIREÇÃO GERAL
Antônio Araújo

DIREÇÃO EDITORIAL
Daniele Cajueiro

EDITORA RESPONSÁVEL
Janaína Senna

PRODUÇÃO EDITORIAL
Adriana Torres
Mariana Teixeira

REVISÃO
Carolina Leocadio

DIAGRAMAÇÃO E CAPA
Larissa Fernandez Carvalho

Este livro foi impresso em 2017
para a Editora Nova Fronteira.